저수지
괴물

열린어린이 청소년소설 01

저수지 괴물

이창숙 지음

처음 펴낸 날 2017년 8월 8일
다음 펴낸 날 2018년 12월 5일
펴낸이 김덕균   펴낸곳 오픈키드(주)열린어린이
만든이 김원숙 박고은   꾸민이 박재원   관리 권문혁
출판신고 제 2014-000075호   주소 서울시 마포구 월드컵북로5가길 17 3층
전화 02-326-1284   전송 02-325-9941   전자우편 contents@openkid.co.kr
ⓒ 이창숙 2017

ISBN 979-11-5676-082-5
값 11,000원

# 저수지
# 괴물

이창숙 지음

열린어린이

# 차례

# 크리스마스 나비

처음 S시에 나비 떼가 나타났을 때. 사람들은 놀랐지만 놀란 만큼 기뻐했다.

"와!"

　지금까지 존재했던 어떤 나비보다 월등히 아름다운 모습에 시민들은 너나없이 환호하며 발걸음을 멈췄다. 하나의 점으로 사라질 때까지 모두들 고개 돌려 나비 떼를 바라봤다. 생태계 파괴로 벌에 이어 나비의 개체 수도 현저히 줄어들고 있던 때였으므로 나비 소식은 빠르게 전 세계로 퍼져 나갔다. 나비 떼의 비행을 촬영한 사진과 동영상이 인터넷에 무수히 올라왔다. 보통 나비보다 훨씬 커 웬만한 비둘기만 했지만 비눗방울처럼 가벼워 보였고 우아하다고 느낄 만큼 몸짓이 느렸다. 아무리 뛰어난 언어의 마술사라 해도 비슷하게조차 표현할 수 없을 만큼 매혹적이었다. 또한 똑같이 생긴 나비는 한 쌍도 없었으므로 한 마리 한 마리가 최고의 미를 대표하고 있었다. 모두 다른 색깔과 무늬를 지녔지만 모여 있으면 난해하지 않고 조화로웠다. 한낮에는 날개에 태양빛이 비쳐 투명하게 보였다. 특이한 점이라면 다른 나비와 달리 수백 수천 마리가 무리 지어 날아다닌다는 점이었다.

사람들은 나비 떼를 보면 기분이 좋아진다고 했다. 착하게 살아야겠다고 다짐하는 이도 여럿이었다. 나비들은 겨울이 시작된 뒤에도 여전히 하늘을 날아다녔다. 사람들은 이 나비들을 '크리스마스 나비'리 불렀다. 아무리 신비한 나비라 해도 연말까지 하늘을 날아다닐 수 있으리라고 믿지는 않았지만 그때까지 사라지지 말라는 염원을 담은 작명이었다.

쌀쌀해지면서 다른 나비들은 종적을 감춘 지 오래되었지만 많은 이의 소원 때문인지 크리스마스 나비들은 유난히 춥고 눈이 많이 내린 그해 겨울을 너끈히 넘겼다. 기상청이 생긴 이래 가장 추운 날씨를 기록했다던 그해 겨울. 사람들은 외투와 모자로 중무장을 하고 종종거리다가도 유유히 날아가는 나비 떼를 보면 가슴을 폈다. 크리스마스 나비가 추위를 견딜 수 있는 비결이 무엇인지 아무도 알지 못했다. 가장 유력한 설은 지구 온난화로 인한 엘니뇨 현상으로 생태계가 교란되었기 때문이라는 의견이었다. 그러나 그렇게 주장하는 사람들도 왜 나비의 몸체가 수십 배 커졌는지, 어떻게 색이 그리 아름다워질 수 있는지, 떼를 지어 날아다니는 이유가 무엇인지, 왜 S시에서만 서식하는지에 대해서는 설명하지 못했다.

나비 떼에 대해 직접적인 실험 결과를 발표하지 않고 가설에

그칠 수밖에 없었던 이유는 느릿느릿 날고 있는 것처럼 보이는 나비가 의외로 사람 손에 잡히지 않았기 때문이다. 그물로도 약품으로도 나비를 잡을 수 없었다. 나비 떼가 실체를 가진 생명체가 아니라 홀로그램이나 CG가 아닐까 의심하기도 했지만 그렇지 않다는 것이 밝혀졌다. 잠시 외계에서 온 나비일 것이라는 설이 유력한 적도 있었으나 나비는 지구의 생명체가 확실했다. 잡히지 않는 명확한 이유를 밝혀내지 못했지만, 나비는 누구에게도 해를 끼치지 않았으므로 당장 나비의 생태를 낱낱이 파헤쳐야만 할 이유도 없었다.

해를 끼치기는커녕 사람들의 마음을 자석처럼 끌어당겨 S시는 나비를 보러 몰려드는 여행객으로 때 아닌 특수를 누리기 시작했다. 눈 내리는 도시의 상공을 나는 나비의 모습은 다분히 비현실적이며 지극히 환상적일 것으로 예상되었기 때문이다. 특별하고 로맨틱한 크리스마스를 보내고 싶은 부유한 나라의 연인들이 서둘러 S시로의 여행을 예약했다. 사랑과 희망이 넘치는 신혼부부들이 설레며 선택하는 첫 여행지, 더 이상 먼 여행을 하기 힘든 노부부들이 택한 마지막 여행지, 오랜 세월 이어 온 절친 간의 우정을 다져 주는 도시. 사람들은 S시로 모여들었다. 나비 덕분에 다음 번 선거에서도 당선이 유력해진 S시의 시장이 방송에 나와 기쁜 표정을 감추지 못하고 인터뷰를 했다.

"이 도시가 생긴 이래 가장 많은 외국인이 모여 크리스마스를 보내게 될 것입니다. 그야말로 글로벌 S시, 신의 축복이 아니고 그 무엇입니까, 할렐루야."

지자체에서는 축제 프로그램 매뉴얼을 만들고 제일 먼저 특허를 등록했으며 향후 다른 나라의 여러 도시에 수출할 기획안을 마련하느라 분주했다. 5성급 호텔은 물론 작은 모텔, 시내 여관의 예약이 크리스마스 두 달 전에 매진됐다. 그러사 템플 스테이가 가능한 S시 인근의 절들, 일주일 중 일요일만 사용하던 거대한 교회 건물 일부가 숙박 시설로 급조되기 시작했다.

절의 법당과 요사채에 외국인을 위한 침대를 들여놨으며 외국어가 가능한 신도들을 봉사자로 배치했다. 승려와 신도들은 봉사할 날짜를 공평하게 짜느라 머리를 맞댔다.

각 성당은 종을 치는 시각에 맞춰 나비들이 날아오도록 유도하기 위해 유명한 곤충학자를 초빙했다. 지금껏 사용하던 종이 나비의 우아함과 어울리지 않는다는 이유로 새 종을 주문 제작하기도 했다.

S시로 오고 싶어 하는 외국인에게 숙식을 제공하기 위해 건물들이 리모델링 됐다. 각 은행은 건물주에게 묻지마 대출을 해 주었고 주인들은 기계처럼 똑같은 숙박업소를 꾸몄다. 그때쯤에는 숙박비가 폭등해 이렇게 급조된 숙박업소는 5성급 호텔의 몇 배 가격으로도 예약하기 어려웠다. 도시의 모든 행정은 나비 관광객을 위한 프로그램으로 변모했다. S시는 세계에서 가장 아름다운

도시 1위로 등극된 것과 동시에 세상에서 가장 운 좋은 도시 1위, 성장 가능성이 가장 높은 도시 1위에도 올랐다.

"아내를 사랑하는 남자라면 S시 여행은 필수."

"연인과 함께 S시로 여행할 수 있는 당신, 참 잘 살아오셨습니다."

CF에 이와 유사한 표현들이 넘쳐났다. 크리스마스 나비가 불행을 가져올 수도 있다는 생각을 하는 이는 단 한 사람도 없었다. 나비는 행운과 축복, 사랑의 아이콘이 되었다. 사람이든 도시든 국가든 상승세일 때에는 그것이 영원히 계속될 것이라는 착각에 빠지게 된다. 끝에 낭떠러지가 있을 수도 있다는 생각 따위 떠올리기조차 싫어한다.

그해 따라 눈이 흔했다. 모두들 좋은 징조라고 입을 모아 말했다. 때 이르게 10월 말부터 내리기 시작한 눈이 이틀 건너 하루씩 왔다. 녹지 않고 그대로 쌓였다면 부담이 되었을 양이었다. 그러나 습기를 머금은 눈송이들은 내리자마자 녹았다. 녹은 물은 하천을 타고 내려가다 얼었다. 그 위로 다시 눈 녹은 물이 흘러내리다 얼기를 반복했다. 거리에 쌓였던 눈이 녹고 나면 또 함박눈이 내렸다. 눈이 내리면 나비가 늘어나는 것 같았다. 나비들은 S시 하늘 전체를 덮을 수 있을 것처럼 많았다. 많다고 신비감이 떨어지는 것은 아니었다. 나비 떼를 만날 때마다 사람들은 넋을 잃었지만 그 때문에 불미스러운 일이 발생하지는 않았다. 행운이 지

속될 것이라고 사람들은 굳게 믿었다.


휘의 아빠가 S시에서 친구를 만나 술을 마신 것은 근 3년 만이었다. 술집 창으로 눈이 내리는 것이 보였다. 흔한 광경이었다. 한참 마시다 고개를 들어 창밖을 보면 떼 지어 눈 속을 날아가는 나비들을 볼 수 있을 터였다.

서로 인사를 하고 자리에 앉은 뒤 두 사람은 한동안 아무 말도 하지 않았다. 휘 아빠의 얼굴을 본 친구는 휘와 자신의 친구를 그대로 내버려 두는 스스로가 비인간적으로 느껴졌다. 한때는 하루도 떨어져 지내지 못할 정도로 친했던 친구였다. 휘의 아빠가 휘를 데리고 멀리 떠나기 전까지.

"휘는…… 여전하지?"

"응."

친구가 한숨이라도 쉴까 봐 휘의 아빠는 소주를 한 번에 탁 털어 넣었다.

"동네 할머니한테 잠깐 부탁하고 나왔어. 나한테 꼭 할 말이 있다니…… 뭐야?"

친구는 주변을 둘러보더니 휘의 아빠 쪽으로 고개를 숙이고 속삭였다.

"우리 조상 중에 조선 시대 어의가 있었다는 말, 너한테 한 적 있지?"

휘의 아빠는 고개를 끄덕였다. 그런 말을 들은 것도 같고 아닌 것도 같았지만 아무래도 상관없었다.

"조상 대대로 내려오는 책이 있거든. 한자로 쓰였기도 하고 이상야릇한 처방들이 많아서 신뢰감도 안 들고 헛소리 같아서 예전에 몇 장 보다가 던져 버렸지."

"……."

"사실은 골동품을 감정하는 TV 프로그램에 가지고 나갔는데 가짜라는 진단을 받아서 본선에도 못 나갔어. 내용이 너무 허무맹랑하다는 거야. 누군가 장난을 친 것 같다고 하더라고. 그 뒤로 전혀 들춰 보지도 않았는데……. 그런데 갑자기 휘 생각이 나지 뭐냐."

"……."

휘의 아빠가 고개를 들었다. 움푹 팬 볼은 불빛 때문에 훨씬 홀쭉해 보였다. 뺨뿐 아니라 온몸이 앙상했고 짙은 다크서클이 얼굴을 더욱 야위어 보이게 했다. 앞에 앉은 친구보다 십 년은 더 늙어 보였다.

"휘처럼 이유 없이 쓰러져서 못 일어나던 왕자를 고쳤다는 기록이 생각난 거야."

휘의 아빠가 눈을 크게 뜨고 친구를 바라봤다.

"그 책에 나온 왕자의 증상이 휘하고 비슷하더라구. 아니, 비슷한 게 아니라 똑같아."

"……."

친구는 더 가까이 다가오며 말했다.

"언젠가 읽었던 내용이야. 워낙 옛날에 봤던 터라 나비 떼가 아니었다면 기억하지 못했을 거야. 그래서 다시 한 번 찾아봤는데 틀림없었어."

"……."

"너, 교수님도 인정했던 내 한자 실력 알지?"

휘의 아빠는 고개를 끄덕였다.

"아직 녹슬지 않았더라구. 비록 옥편을 갖다 놓고 해석하긴 했지만."

"……."

"운때가 맞으면 까마귀 똥도 약이 된다는 말이 있잖아. 어때, 한 번 해 볼래?"

"……."

무엇을 해 보라는 것인지 알 수 없어 휘의 아빠는 멍하니 친구를 바라보며 눈만 껌뻑였다.

"나비를 어떻게 잡느냐고? 걱정 마. 잡는 방법, 말리는 과정과 복용법 모두 아주 자세히 나와 있어. 꽤 까다롭지만 너라면 충분히 할 수 있을 거야."

"……."

휘 아빠의 반응이 신경 쓰이는지 친구는 두 손을 들어 올려 과

16

장된 몸짓을 했다.

"해 보자. 응? 잠깐만 기다려."

친구는 옆에 놓아둔 가방을 열었다.

"바로 이 책이야."

친구는 가방에서 서류 봉투를 꺼냈다. 안에 담겨 있던 누런 책을 꺼내 휘의 아빠에게 건넸다.

「궁중의료비기」

휘의 아빠는 자기도 모르게 책을 빼앗듯 가져왔다. 휘가 학교에서 쓰러져 혼수상태에 빠진 지 3년이 됐다. 휘는 마치 잠을 자듯이 눈을 뜨지 않았다. 코에 귀를 대 보면 규칙적으로 숨은 쉬고 있었다. 심장도 정상적으로 뛰고 있지만 눈을 뜨지도, 일어나지도 못했다. 휘의 아빠는 다니던 직장도 그만두고 휘를 돌봤다. 병원에서 치료 방법이 전혀 없다고 했을 때에도 아빠는 절망하지 않았다. 집을 팔아 시골로 옮긴 뒤 집에서 할 수 있는 아르바이트로 겨우 생활을 유지하며 휘를 돌봐 왔다. 그러는 동안 휘는 근육이 빠졌으며 호흡도 점점 나빠졌다. 가끔 심각할 정도로 열이 올랐지만 어떤 해열제로도 내릴 수 없었다. 그저 가슴이 녹아드는 고통 속에 두고 보고 있노라면 얼마 만엔가 가라앉고는 했는데 언제 더 위험해질지 알 수 없어 휘의 아빠는 속이 탔다. 움직이지 않으니 관절이고 혈관이고 좋을 리가 없는데도 휘는 성장했다. 살은 찌지 않지만 끊임없이 조금씩 컸다.

친구와 헤어져 돌아오면서 휘의 아빠는 생각에 잠겼다. 우선 믿을 수 없었다.

"지금이 어떤 세상인데 그런 황당한 말을……. 게다가 나비라 니 원……."

휘를 위해 할 수 있는 의료 행위는 다 했고 비의료 행위도 안 해 본 것이 없었다. 약초, 녹초, 안마, 마사지, 기 치료, 뜸. 점도 본 적이 있고 부적도 써 본 적이 있다. 차도는 없었다.

"말도 안 돼."

중얼거린 것과 달리 휘의 아빠는 밤새 옥편을 놓고 친구가 준 한자로 된 책을 읽고 해석한 뒤 기록했다. 친구가 끼워 놓은 초벌 번역문이 큰 도움이 됐다.

〈왕자 류가 병이 나 자리에 누운 지 삼 년이 지나도록 일어나지 못했다. 온갖 약을 써도 차도가 없었다. 어의는 물론 시골에 숨어 사는 의원, 중국 어의까지 진찰을 해도 원인을 알 수 없어 왕은 비통했다. …… 하루는 계룡산에 사는 도인이 궁궐에 와서 아무 날 아무 시에 지금까지 보지 못했던 나비 떼가 나타날 것이니 그 나비를 잡아 말려서 찌고 다시 말리기를 세 번 반복한 뒤 가루를 내 맑고 찬 물에 타 하루 한 번 복용하면 나을 것이라 말하고 사라졌다. 모든 신하가 부작용을 우려해 반대하였으나 왕은 그렇게 하라고 명령했다. 나비 가루를 복용한지 사흘 만에 왕자 류가

자리에서 일어났다.〉

밑에는 나비를 잡는 법과 말리는 방법, 쪄서 다시 말릴 때의 주의점과 복용 방법 등이 나와 있었다. 책을 덮은 아빠가 휘의 방에 갔을 때 갑자기 휘의 온몸이 불덩어리처럼 뜨겁지 않았다면 나비와 S시의 운명은 달라졌을까?

휘의 아빠는 책에 적힌 대로 나비를 잡을 뜰채를 준비했다. 남은 돈을 모두 긁어모아 거미줄처럼 얇은 금실로 만든 뜰채를 주문 제작했다. 금실로 만든 뜰채는 어찌나 얇은지 햇빛에 나오면 투명해 보였다.

휘의 아빠는 우여곡절 끝에 통통한 나비 한 마리를 잡았다. 수없이 실패했고 다치기도 했지만 휘를 살리려는 아빠의 집념은 그 무엇도 꺾을 수 없었다. 흰 장갑을 낀 손으로 뜰채 아래에서 파닥이는 나비의 몸통을 잡았을 때. 아빠는 갓 태어난 휘를 처음 안았던 순간이 떠올랐다. 그날처럼 가슴이 쿵쿵 뛰었다.

"괜찮아, 안아 봐, 여보."

떨어뜨릴 것 같아 손만 비비고 있을 때 젊은 아내는 웃으며 겁내지 말라고 했었다. 그때처럼 나비의 여린 심장의 감촉이 그대로 손에 전해지자 자신이 하려는 일이 떠올라 소름이 끼쳤다. 작은 나비 한 마리를 잡았을 때와는 전혀 다른 감촉이었다.

'놓아줄까? 효과가 있다는 증거도 없잖아.'

그러나 아빠는 나비를 놓아주지 않았다.

"난 휘만 생각할 거야. 내 아들을 살릴 수 있다면 무슨 짓이라
도 할 수 있어."

누군가 자신의 멱살을 움켜쥔 채 악당이라고 소리칠 것만 같아
아빠는 허공을 보고 중얼거렸다.


목욕재계를 한 뒤 머리에서 발끝까지 온통 흰옷을 입고 책에
쓰인 대로 길고 긴 제를 올렸다. 깨끗한 한지 위에 나비를 내려놓
고 못을 박을 때 최대한 단시간에 양쪽 날개를 고정시켜 나비의
고통을 최소화해야 했다. 고통스러운 나비가 요동칠 수 있으므로
날개의 어느 부위를 선택해 못 박느냐는 것도 상당히 중요했다.
몸통으로부터 너무 멀리 있는 부분을 박으면 나비가 저항할 경우
날개가 찢길 염려가 있었다. 몸통 너무 가까이 박으면 몸통의 두
께 때문에 날개와 한지 사이가 들떠 나비가 격렬히 움직일 수 있
었다. 적확한 곳을 찾는 것이 중요했다. 못도 한 날개에 세 개 이
상 사용하면 안 됐다. 나비의 몸 전체에서 1% 이상 소실됐을 때
효과가 반감된다고 적혀 있었다. 못을 박을 때에도 순서가 중요
했다. 우선 나비의 오른쪽 위를 박아야했다. 그 뒤 중간, 이어서
아래쪽, 그 다음 왼쪽 위, 중간, 나머지 왼쪽 아래에 마지막 못을
박아야 한다고 쓰여 있었다. 몇 번이고 예행연습을 했다. 음양오
행과 태극의 원리라고 설명되어 있었지만 무슨 소리인지 이해하

지 못한 채 따라할 뿐이었다. 날개에 못 박을 때 느낀 나비의 몸부림이 휘의 아빠 손에 그대로 남았다. 그 느낌은 오랫동안 그대로 남을 테지만 못질을 할 당시에는 금방 잊을 수 있을 것이라 믿었다. 못으로 나비를 고정 시킨 뒤에는 아무 것도 줘서는 안 됐다.

"나비는 원래 소량의 꿀 이외에는 안 먹잖아. 어떤 종의 나비는 태어나서 죽을 때까지 아무 것도 섭취하지 않는 경우도 있다는 말을 들었어."

휘의 아빠는 누구에게랄 것도 없이 중얼거렸다. 크리스마스 나비의 경우 무엇을 먹는지 알려진 바 없으며 먹는 것을 본 사람도 없었다. 따라서 나비가 배고픔의 고통을 느꼈는지 아닌지 휘의 아빠는 알 수 없었다. 소리를 지르지 않으니 살아 있는지 죽었는지도 알 수 없었다. 소리마저 질렀다면 더욱 끔찍했을 테지만, 그랬다면 끔찍함 때문에라도 중간에 멈췄을 수도 있다. 나비는 조용하고 느리게 아사했다. 서서히 죽어가야 내장에 찼던 분비물이 깨끗이 증발된다고 책에 적혀 있던 대로. 나비를 말리는 동안 직사광선을 쐬면 안 되며 바람이 잘 통하는 곳에서 경건한 마음을 유지해야 했다.

7일을 말린 뒤 다시 한 번 제를 지내고 나비를 한지에서 떼어 냈다. 못을 뺄 때는 박을 때의 순서와 반대였다. 간단한 것 같지만 헷갈리지 않는 것은 아니었다. 둘 중 하나를 고르는 문제가 더 혼란스러울 때도 있는 법이다. 휘의 아빠는 '나비의 왼쪽 아래, 중간, 위, 오른쪽 아래, 중간, 위'를 주문처럼 외우고 또 외웠다. 사소한 실수가 모든 것을 물거품으로 만들 것만 같은 공포에 시달렸다. 부서지지 않도록 조심하며 떼어 낸 나비는 살아 있을 때보다 더 아름다워 간담을 서늘하게 했다. 고운 면포 위에 놓고 김이 날 때까지 찐 뒤 다시 대나무 채반 위에 놓고 말렸다. 이 과정을 세 번 한 뒤 나비를 설구에 넣고 질긋공이로 빻아 가루를 냈다. 작은 찻숟가락으로 떠서 찬물에 골고루 섞은 뒤 미음이 들어가는 호스에 넣어 휘의 몸으로 흘려보냈다. 머릿속으로 떠오르는 쓸데없는 짓이라는 생각을 몰아내느라 아빠는 안간힘을 썼다. 절망이었다가 희망이었다가 하루에도 수백 번씩 롤러코스터를 타듯 두 산을 오갔다.

사흘 뒤. 거짓말처럼 휘가 깨어나지 않았다면 모든 일은 벌어지지 않았을까? 3년간 누워 있는 동안에도 가끔 의미 없이 눈을 뜨는 경우가 있었다. 그러나 아무 것도 알아보지 못했고 잠시 뒤 힘겹게 눈을 감아 버리곤 했다. 이번에는 달랐다. 눈을 뜬 휘가 눈동자를 굴려 아빠를 찾았다. 휘의 눈동자를 바라보며 아빠는 자신의 인생에 처음 찾아온 행운이 사라질까 두려워 잠시 아무 말도 하지 못했다.

"아, 아."

휘가 작은 소리로 부를 때에야 떨리는 손으로 간신히 휘의 얼굴을 감싸 안았다.

"휘야, 휘야."

휘가 일어나자 아빠는 기뻤다. 휘가 이 세상에 태어나던 날보다 더 기뻤다. 감사의 기도를 올리고 또 올렸다. 무엇을 해야 할지 몰라 허둥거렸고 모든 것이 꿈일까 봐 무서웠다. 휘가 처음 아플 때도 아무 전조증상 없이, 마치 퓨즈가 나가듯 잠들었으므로 다시 그렇게 될까 봐 공포스러웠다.

휘가 나비 때문에 깨어났다는 말을 다른 사람에게 한 것이 휘의 아빠인지 친구인지 정확하지 않다. 둘 중 누가 했더라도 아주 극소수의 사람에게 했을 것이며 자랑하려는 의도도 유명해지려는 의도도 돈을 벌려는 의도도 없었다.

그러나 결과는 예상과 다르게 흘러갔다. 소문은 점점 과장되며 하룻밤에도 천 리 만 리 날아다녔다. 영생을 꿈꾸는 회장님들에게 나비는 한 마리에 수억 원을 지불해도 아깝지 않을 보물이 되었다.

휘의 아빠에 의해 나비 공동체의 균형은 무너졌다. 어떻게 해도 잡히지 않던 나비는 인간에게 배신 당하는 순간, 방어막에 구멍이 뚫렸고 속절없이 비틀거렸다. 나비의 숫자는 눈에 띄게 줄어들었다. 이제 나비를 보면 사람들은 복권에 당첨된 것처럼 괴성을 지르며 눈을 번득였다. 보호하자는 목소리가 높아졌지만 몰래 잡는 사람은 몇십 배 더 많아졌다. 다수의 관광객들마저 나비 포획자로 변하자 당국은 외국인의 입국을 일시적으로 막았으며 국민이라도 S시 시민이 아닌 사람은 더 이상 왕래할 수 없도록 조처했다.

여행객이 사라지고 숙소용으로 리모델링한 건물들이 흉가처럼 변해 가는 데 걸린 시간은 어이없으리만치 짧았다. S시는 빠르게 곤두박질쳤다. 많은 돈을 들인 투자자일수록 먼저 망했다. 숙박업소에서 일하던 사람들이 한꺼번에 일자리를 잃으면서 구매력이 떨어지자 물품을 생산하던 사람들도 일자리를 빼앗겼다. 그보다 더 빨리 자영업자들이 앞다투어 폐업했다. 나비를 잡던 사람들 사이에 벌어진 폭행과 살인, 방화 사건은 해결될 기미가 보이지 않았다. 사건을 다룰 경찰들조차 나비를 잡으러 떠나 버렸기 때문이다.

휘의 아빠는 S시의 그런 변모를 잘 몰랐고 알았다 해도 관심이 없었다. 다만 휘의 건강을 되살리기 위해 노력할 뿐이었다. 오랫동안 누워 있던 몸이라 생각만큼 빨리 회복이 되지 않아서 아빠는 애가 탔다. 몸에 좋은 약초와 싱싱한 채소를 떨어뜨리지 않으려 애썼으며 가공 물질이 들어간 음식은 한 숟갈도 먹이지 않았다. 맑은 공기를 마시게 하려 노력했으며 적정 온도를 유지했다. 당분간 아르바이트도 쉬면서 다른 때와 마찬가지로 외부인의 방문을 철저히 막았다. 휘가 아프면서 주변 사람들과 자연스레 멀어졌지만 혹시 모르는 사소한 연결조차 막으려 전전긍긍했다. 휘가 자신이 어떻게 깨어나게 되었는지, 그리고 그것이 S시에 어떤 결과를 가져왔는지 알게 될까 무서웠다.

그러나 언젠가는 알게 될 일이었다. 그리고 그 시간은 예상보다 빨랐다. 마침내 휘가 알게 되었고 휘가 안다는 사실을 말하지 않았지만 아빠도 느낄 수 있었다. 아빠는 머리가 통째로 사라질 것 같았다. 무엇을 해야 할지 어떻게 해야 할지 도무지 생각나지 않았다.

"휘, 휘야. 아빠는 딱, 딱 한 마리만 잡았어."

휘는 아무 말도 하지 않았다.

"그냥 나, 나비일 뿐이야. 하나밖에 없는 자식인 너를 위해 나비를 잡은 거야. 네가 죽는 것을 두고 볼 수가 없었어. 이 세상 누, 누군들, 어떤 부모인들 안 그렇겠니?"

"……."

"너하고 나비 한 마리하고 같을 수는…… 없잖아. 그냥 한낱 나비 한 마리였을 뿐이라구. 곤충, 아니, 벌레 한 마리일 뿐이야."

휘가 아빠를 비난한 것은 아니었다. 그저 슬픈 얼굴로 가만히 바라볼 뿐이었다. 아무 말도 하지 않는 휘가 아빠는 두려웠다. 더 이상 자신의 절대적인 보호 아래 있던 아들이 아니었다. 휘가 자신과 분리된 하나의 독립 인격체라는 것을 아빠는 처음으로 느꼈다. 어떻게 해서든 휘에게 자신을 변명하려 애썼다. 설명을 하고 하소연을 하고 화도 내보고 울기도 했다. 어떻게 해도 휘의 마음을 돌릴 수 없을 것 같아 더욱 필사적이었다. 그러나 시간이 지나면 지날수록 휘의 마음을 돌릴 수 없을 것 같다는 불길한 예감은 확신이 되어 갔다. 휘가 나비처럼 떠나가 버릴 것을 아빠는 느낄 수 있었다.

아빠는 휘를 지키기로 했다. 매일 밤 휘의 방 앞에서 잠을 자지 않고 버텼다. 일주일 밤을 꼬박 새운 날 새벽. 아빠는 방 앞 소파에서 깊은 잠에 빠졌다. 방문을 열고 나온 휘는 아빠의 야윈 얼굴을 내려다봤다. 아내를 잃은 뒤 아들만을 위해 산 사람. 갑자기 쓰러진 아들을 위해 무엇이든 했던 사람. 깨어난 왕자 류의 나머지 삶이 어땠는지 해석하고도 절대로 믿으려 하지 않았던 사람, 이제 영원히 홀로 남겨질 사람. 자신이 잠든 바람에 아들을 지키지 못했다는 자책으로 정처 없이 떠돌다 어느 폐건물 계단에 쓰러져 숨을 거둘 사람.

심장이 모래알처럼 부서질 것 같은 연민으로 휘는 아빠의 뺨을 가만히 만졌다. 그냥 모든 것을 덮어 두고 살 수 있다면, 아빠가 자기에게 했듯이 아빠를 위해 그렇게 눈 한 번 감을 수 있다면 휘는 결코 떠나지 않았을 것이다.

"아빠, 고마워."

휘는 아빠 귀에 속삭인 뒤 뺨에 입을 맞췄다. 휘의 눈물이 아빠의 머리카락 위로 떨어졌다. 끝이 아니라는 것을 아빠는 이해하지 못할 것이다.

"사랑해."

잠든 아빠의 얼굴에 미소가 번졌다. 휘가 눈을 뜨던 순간을 꿈꾸고 있던 아빠는 휘의 손길이 따스하게 느껴졌다.

"휘야, 휘야."

아빠는 잠결에 휘를 불렀다. 행복한 얼굴이었다.

휘는 집을 나와 새벽 공기를 들이마셨다. 어디로 가야 할지 알지 못했다. 해가 떠오르려고 불그스름해진 방향이 동쪽일 것이라 생각한 휘는 반대 방향으로 떠났다. 흉물스럽게 변한 건물들을 지나 숲 쪽으로 걸어갔다.

사흘 동안 걸어간 뒤 작은 바위에 기대앉아 있을 때 비틀거리며 날아오는 나비들을 보았다. 나비들은 힘없이 휘에게 다가왔다. 나비들의 날개는 빛이 바랜 것처럼 보였다.

"안녕."

휘는 마음이 아팠다. 나비들을 위해 휘는 바위 위에 반듯이 누웠다. 나비들이 자신에게 더 잘 내려앉을 수 있도록 몸을 쭈욱 편 뒤 두 팔과 다리를 적당히 벌렸다.

"어서 와."

중얼거림을 들었다는 듯 나비들이 날아와 휘의 온몸에 내려앉았다. 단 한 곳도 빈 곳 없이 나비들이 빼곡했다. 휘는 나비의 정령처럼 보였다.

"아!"

휘는 눈을 감았다. 처음에는 얼굴과 목덜미, 그리고 손등, 발목이 간지러웠다. 부드러운 깃털로 여린 속살을 간질이듯이 온몸이 미세하게 떨렸다. 한참 뒤 이곳저곳이 따끔거린다고 느낀 뒤부터 몸에서 무언가가 느리게 빠져 나가는 기분이 들었다. 몸이 가벼워졌고 마음은 더 가벼워졌다.

한참 지나서 휘는 힘겹게 눈을 떴다. 나비들이 날개를 접고 자신의 몸 위에 앉아 있는 모습은 엄숙했다. 휘도 오랫동안 나비들과 함께 그대로 있었다. 멀리서 보면 휘의 모습은 보이지 않고 바위 위에 나비들이 빼곡히 앉아 있는 것처럼 보였을 것이다.

날이 저물고 있었다.

휘는 점점 정신이 흐릿해졌다.

노을에 물든 하늘이 뿌옇게 보였다.

얼마나 지났을까? 나비들이 날개를 펴고 휘의 머리 위로 한꺼번에 날아올랐다. 예전처럼 수천, 수만 마리는 아니지만 수많은 나비들이 여전히 아름답게 빛나고 있었다. 나비들은 휘의 몸 위를 춤추듯 날아다녔다.

"안……녕."

휘의 소리를 들었는지 나비들은 붉은 서쪽 숲 속으로 천천히 사라졌다. 언젠가 다시 날아올 것인지 아니면 아주 사라진 것인지 알 수 없지만 휘는 미소 지었다.

창백한 낯빛으로 바위 위에 반듯이 누워 달빛을 받고 있는 휘의 얼굴을 누군가 봤다면 잠을 자고 있는 것이라고 생각했을 것이다. 숲에서 잠깐 행복한 꿈을 꾸고 있는 아름다운 소년이라고.

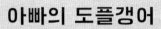

아빠의 도플갱어

두 사람의 아빠는 똑같았다. 얼굴, 키, 몸매는 물론 손짓, 발짓, 코털 하나까지도 다른 곳을 찾기 어려웠다. 단지 입고 있는 옷이 다를 뿐. 우리와 함께 거실에서 복숭아를 먹다가, 얼떨결에 자신과 똑같은 사람을 맞이하게 된 아빠는 편한 베이지색 트레이닝복 차림. 퇴근한 뒤 한잔하고 돌아오니 자신과 똑같은 사람이 현관문을 열어 줘 기가 콱 막힌 표정으로 서 있는 아빠는 짙은 쥐색 양복 차림. 엄마와 나는 포크를 입에 문 채 현관 앞으로 달려가 두 사람을 번갈아 바라봤다.

"야, 너, 너, 너 뭐야?"

술이 확 깨는 얼굴로 쥐색 양복이 삿대질을 하며 베이지색 트레이닝복을 향해 소리 질렀다.

"헉! 뭐요? 나 이 집 주인이오. 내가 할 소리를 왜 댁이 합니까? 당신이야 말로 누굽니까? 누군데 한밤중에 남의 집에 와서 이 소란입니까?"

그러고 보니 말투는 달랐다. 트레이닝복이 놀라움을 숨기며 처음 본 사람에 대한 최소한의 예의로 간신히 존댓말을 유지하고 있는 것과 달리 쥐색 양복은 시종일관 반말이었고 당황한 정도에 비례하여 세 사람에게 골고루 상당한 양의 파편을 튀겼다. 당장이라도 쌍욕이 튀어나올 것 같은 험악한 얼굴이었던 건 말할 필요도 없다.

"남의 집? 남의 지입?"

두 사람은 얼굴이 시뻘겋게 변해 누가 먼저랄 것도 없이 동시에 먹살을 잡았다. 두 사람의 아빠도, 두 사람을 바라보는 엄마와 나도 당황스럽기는 매한가지였다. 특히 엄마는 몸을 떨며 어깨를 오그렸다. 그 모습을 보는 나도 가슴이 두근거려 가만히 있을 수가 없어 맞잡은 두 아빠의 손을 잡고 옆을 맴돌았다.

"아니, 이게 도, 도대체…… 무슨 일이래요?"

엄마는 연신 이 말만 중얼거렸다. 그렇게 말하면 누군가 대답을 해 줄 것이라고 기대라도 하는 듯이. 가냘픈 엄마는 금방이라도 뒤로 쓰러질 것 같았고 그렇지 않아도 안 돌아가는 머리로 열시까지 꾸역꾸역 학원 수업을 끝내고 온 나의 뇌 상태는 아주 간단한 문제를 해결하기에도 무리였다. 하긴 이런 듣도 보도 못한 상황에 어떻게 대처해야 할지는 누구라도 감을 잡을 수 없을 테지만.

우리 넷은 일단 어찌어찌하여 한 덩어리가 된 채 거실로 갔다. 쥐색 양복은 세 사람이 먹던 탁자 위 복숭아 접시를 일별하자마자 분노 게이지가 급상승하는 듯 피부색의 적화 현상이 두드러졌다. 자기 집 금고 안에서 보석을 와삭와삭 깨물어 먹고 있는 쥐떼를 보는 듯한 혐오의 시선으로 우리를 한 명 한 명 돌아가며 노려봤다.

"하! 이것들이 진짜."

나와 엄마는 자동으로 어깨를 오그렸다. 소파에 앉을 때도 두 아빠 사이에 한바탕 소동이 벌어졌다. 서로 자기가 엄마 옆자리에 앉아야 한다며 소리를 질렀다. 엄마와 나는 눈길을 주고받을 뿐이었다.

"저, 저기. 두 분은 바닥에 앉으세요, 고, 공평하게."

나는 간신히 이렇게 말했다.

"뭐야, 이 자식아? 하나밖에 없는 자식 놈이 애비도 몰라보고는. 너 지금 애비한테 그게 할 소리야? 기껏 길러 줬더니 배은망덕도 유분수지. 당신도 마찬가지야. 뼈 빠지게 일해 돈 벌어다 주니까 누가 남편인지도 모르고 떡하니 외간 남자를 남편이라고 집 안에 들여? 하여간 모자간에 똑같이 뭐 하나 제대로 하는 게 없으니 원. 이놈의 집구석, 으이구."

쥐색 양복이 엄마와 나를 향해 소리를 질렀다.

"아니, 이 양반이. 보자 보자 하니까 아주 가관일세."

트레이닝복이 소매를 걷어붙이며 마주 삿대질을 했다.

"왜 소리는 지릅니까? 당신이 뭔데 우리 아내와 아들한테 그렇게 고함을 치난 말입니다. 소중한 우리 가족한테 왜 함부로 하냐고. 그렇지 않아도 우리 아내는 심장이 약하단 말입니다."

엄마는 십 년 넘게 심장약을 먹고 있다.

"심장 같은 소리 하고 있네."

양복은 신경질적으로 넥타이를 획 비틀어 풀더니 옆에 팽개치며 말했다. 그와 달리 트레이닝복은 나와 엄마를 보고 안심하라는 듯 고개를 끄덕이며 애써 웃었다. 상황을 진정시키려 바닥에 앉으라고 한 내 말에도 트레이닝복은 기분 나빠하지 않고 좋다고 했다.

"선후 말이 맞아요. 공평하게 둘 다 바닥에 앉읍시다."

트레이닝복이 바닥에 앉았는데도 양복은 본 척도 안 했다.

"내가 왜 내 집 소파에 맘대로 앉지도 못해?"

양복이 엄마 옆에 보란 듯이 털퍼덕 앉았다. 그와 동시에 반동처럼 엄마가 벌떡 일어났다. 놀란 토끼 같은 엄마 얼굴을 본 트레이닝복이 일어나 소파로 다가가 양복의 멱살을 움켜잡더니 번쩍 들어 올렸다. 양복은 거짓말처럼 덜렁 들려 버둥거렸다. 키도 몸무게도 똑같아 보이는데 어떻게 한 손으로 자신만큼의 무게를 들 수 있는지 이해가 안 돼 엄마와 나는 또 눈을 마주쳤다. 하긴 우리 아빠는 원래 힘이 무지 세다.

"야, 이거 안 내려놔?"

"그렇게는 안 되지요. 당신이 뭔데 내 집에 들어와서 행팹니까,

행패가."

트레이닝복은 그대로 양복을 들어 베란다 밖으로 던져 버릴 수도 있을 것 같았다.

"야, 놔! 야, 이 새끼야."

온 얼굴이 뻘겋게 변한 양복이 캑캑거리며 고함을 지르려 했지만 삑사리가 나는 바람에 누구를 위협한다기보다는 심히 우스꽝스러운 비명이 비어져 나올 뿐이었다.

"그럼, 공평하게 바닥에 앉을 겁니까?"

"아, 아, 알았어."

그 소리가 떨어지자마자 트레이닝복은 손을 놓았고 양복은 소파 앞 거실 바닥에 처박혔다. 양복은 아무래도 꼬리뼈에 상당한 충격이 가해졌을 것으로 추측되는 소리와 함께 신음을 내뱉더니 풀 죽은 목소리로 물었다.

"다, 당신 목적이 도, 도대체 뭐야?"

"무슨 소립니까?"

"얼굴이고 몸이고 나하고 똑같이 꾸민 모, 목적이 뭐냐구?"

"아닌 밤중에 홍두깨라더니. 갑자기 남의 집에 들어와서 무슨 헛소립니까?"

두 사람은 끝도 없이 언쟁을 했다. 나는 옹고집전이 떠올랐다.

'가짜가 어떻게 옹고집으로 변신했더라?'

읽은 지 하도 오래되어서 기억이 가물가물했다. 스님이 지푸라기로 변신시켰던 것도 같고 손톱 발톱을 먹던 쥐가 변신했던 것도 같았다. 내가 옹고집전을 생각하는 동안에도 두 사람은 서로 자기가 주인이라고 목청을 높여 싸우고 있었다.

"잠깐만요. 그렇게 두 분이 싸울 게 아니라…… 대화를 해서 누가 진짜 우리 아빠인지 가려야 되지 않을까요?"

그제야 겨우 두 사람은 나와 엄마를 보고 턱자 앞에 앉았다. 쌍둥이도 아니면서 똑같이 생긴 중년 남자 둘이 멀뚱히 바라보는 모습은 생각보다 괴기스러웠다. 엄마는 물어보고 말고 할 정신도 없어 보여 내가 질문을 했다. 먼저 아주 간단한 것부터 물어봤다.

"이름, 나이, 형제 관계, 고향, 출신 학교, 결혼 연도, 회사 명. 여기에 순서대로 쓰세요."

내가 내민 A4용지에 두 사람은 똑같은 답을 썼다. 필체마저 같았다. 그 정도 준비는 하고 왔을 것이라고 짐작했지만 막상 답을 보자 더욱 혼란스러웠다. 그런 것 말고 다른 어떤 것들을 물어봐서 진짜와 가짜를 가려야 하는지 난감했다. 아빠가 다른 사람과 특별하게 구별되는 것은 무엇일까, 아무리 생각해도 생각이 나지 않았다.

"그럼 오늘 몇 시에 회사에서 나와서 집에 오셨죠?"

트레이닝복이 대답했다.

"그래. 내일 회사에 확인해 보면 알겠다. 여섯 시 삼십 분에 카드를 찍고 퇴근했지. 그리고 집까지 45분 걸렸으니까 도착한 시간은 7시 15분쯤. 그렇지, 여보?"

나는 그 시간에 학원 수업을 하고 있었으니 보지 못했다. 트레이닝복의 확인에 엄마는 고개를 끄덕였다. 그러자 양복이 소리쳤다.

"맞아. 나도 여섯 시 삼십 분인지 사십 분인지 아무튼 그 즈음에 카드를 찍었다고. 그리고 집에 오다가 친구 현규한테 전화해서 삼겹살 집에서 만나 한잔했지. 2차로 호프집까지 갔다 집에 왔으니까 그 시간에 도착할 수밖에. 아, 맞아. 현규한테 전화하면 되겠네. 너, 딱 걸렸어. 전화 한 통이면 끝이다, 이 자식아. 기다려."

자신만만한 얼굴로 양복은 주머니를 뒤졌다. 핸드폰을 찾는 모양이었다.

"이 쥐새끼 같은 놈."

혼잣말 치고는 지나치게 커 옆에 있는 사람 모두 욕이라고 충분히 느낄 수 있도록 소리를 지르며 핸드폰을 찾던 양복이 당황한 표정으로 벌떡 일어났다.

"어?"

양복은 윗도리 주머니는 물론 바지 앞뒤 주머니를 뒤지더니 가방까지 거꾸로 들고 털었다. 가방 안 내용물이 마룻바닥에 와라락 쏟아졌다. 그러나 유독 핸드폰만 보이지 않았다.

"아, 이놈의 핸드폰이 어디 간 거야? 이런 젠장."

양복은 자기 핸드폰으로 전화를 해 보라고 나에게 소리를 질렀다. 내가 마지못해 전화를 하니 고객님의 전화기가 꺼져 있어 통화를 할 수가 없다는 안내 멘트가 나왔다. 그대로 말해 주자 양복은 다시 한 번 짜증을 냈다. 그러자 트레이닝복이 웃었다.

"그럴 줄 알았습니다. 교묘하게 핸드폰을 숨기셨군요. 그런 꼼수가 통할 것 같습니까?"

"이런, 씨."

양복은 얼굴이 시뻘게지며 트레이닝복을 노려봤다.

"아무튼. 나는 한잔하고 집에 오는 길이라고. 내 핸드폰만 찾으면 현규랑 통화해서 바로 확인할 수 있다구. 현규하고 한잔하고 왔더니 당신이 떡하니 집에서 내 행세를 하고 있잖아. 너 말이야. 어느 병원에서 수술했어? 응? 성형 수술 어디서 했냐고? 이 인간아. 나한테 왜 이래? 왜 하필 나냐구, 정말!"

"수술 같은 소리 하고 있네요. 나는 병원 가는 거 싫어해서 감기 걸려도 약만 먹는다구요."

나와 엄마 시선이 마주쳤다. 우리 아빠는 정말로 병원 가는 것을 죽도록 싫어한다. 그냥 끙끙 앓고 말았다. 그러다 큰 병 생긴다고 말해도 절대로 듣지 않았다. 나와 엄마의 은밀한 눈길을 눈치챘는지 양복도 질세라 우물거렸다.

"그건 나도 마찬가지라고. 병원 가봤자 안 간 거나 마찬가지라고. 몸은 본래 원상태로 회복하려는 자정 능력이 있으니까 푹 쉬면 대부분 낫는다니까. 병원 가면 2주일, 안 가면 보름이라는 말도 있잖아."

저것도 아빠가 매일 하는 얘기다. 두 사람이 만약 옷을 바꿔 입고 나온다면 누가 양복이었는지 누가 트레이닝복이었는지 구별할 수 없을 것이 뻔했다. 그렇게 세 시간쯤 서로 자기가 집주인이라고 우기다 보니 새벽 두 시가 넘었다.

"일단 너무 졸리니까 자고 일어나서 따지자구."

양복이 입을 벌리고 하품을 하더니 비틀거리며 안방으로 걸어갔다.

"어허. 지금 우리 아내와 함께 자겠다는 거요? 그렇게는 안 되지."

트레이닝복은 화를 내며 소리를 질렀다.

"아니, 내가 내 마누라하고 자지 그럼 누구랑 잔단 말이야?"

둘의 언성이 더 커지기 전에 엄마가 나섰다.

"둘 중 누가 내 남편인지 밝혀질 때까지 나는 누구하고도 안 자요. 그러니까 두 사람은 거실에서 자요. 선후야, 너도 얼른 들어가서 자."

그렇게 말하고 엄마는 방으로 들어가 덮는 이불 두 개를 가지고 나와 소파에 던져 주더니 안방 문을 딸깍 잠갔다. 우리 세 남자는 멀뚱멀뚱 서 있다가 각자 잘 자리를 찾았다. 서재는 잘 곳이 없었고 나머지 방 하나는 난방이 꺼져 있어서 냉방이다. 두 사람은 할 수 없이 소파 양쪽에 쪼그리고 누워 서로 발을 맞대었다.

두 사람 모두 자기를 데리고 들어가라는 간절한 눈빛 레이저를 쐈지만 나는 못 본 척, 내 방으로 왔다.

잠이 싹 달아났다. 아침 해가 내 방 창문에 비칠 때까지 뒤척였다. 내가 생각하는 사람이 아빠가 맞을 것이다. 그러나 내 행동이 옳은지 엄마의 생각도 같은지 입 밖으로 내서 말을 할 수가 없다. 혼란, 그 자체였다.


다음 날 새벽같이 일어나 학교에 갔다. 집에서 무슨 일이 벌어질지 알지만 일단 피하고 싶었다. 학교에서도 정신이 없기는 마찬가지여서 공부가 머릿속에 들어오지 않았다.

수업 끝나고 선생님한테 핸드폰을 돌려받자마자 전화를 했다.

"엄마, 두 사람은?"

"그대로지 뭐. 둘 다 나가지도 않고 소파에 버티고 있다. 어째야 되나 모르겠네. 둘 다 내쫓아야 되나 아님 경찰에 신고를 해야 되나?"

엄마는 핸드폰에 대고 속삭였다. 나도 어떻게 해야 될지 모르기는 마찬가지였다.

"엄마, 일단 오늘은 학원 안 가고 집으로 곧장 갈게."

한 사람은 아빠라 치고 나머지 한 사람은 어떤 목적으로 우리 아빠 행세를 하는 것인지 전혀 짐작이 가지 않았다. 목적이 무엇인지 짐작할 수 없으니 대책을 세울 수도 없다. 그나저나 어떻게 우리 아빠와 똑같이 변할 수 있었을까? 왜 하필 우리 아빠일까? 설마 둘 다 가짜일 수도 있을까? 그렇다면 진짜 아빠는 어디 있는 걸까? 둘 다 진짜일 리는 없겠지?

이틀이 지난 뒤에도 진짜와 가짜를 정하는 데 조금의 진척도 없자 우리 네 사람은 함께 경찰서로 갔다. 두 사람을 보고 경찰관들은 모두 일란성 쌍둥이가 아니냐고 했다.

"일란성 쌍둥이도 자세히 보면 조금씩은 차이가 나던데. 두 사람은 완전 똑같네요. 복제 인간이 어디선가 성공했던 건가?"

경찰들도 이런 경우는 처음이라며 어떻게 처리해야 될지 몰라 난감해 했다. 지문도 같았고 몸의 상처도 같았다. 기억도 똑같았고 표정도 구분이 안 갔다. 사건 취재하러 경찰서에 왔던 기자가 두 사람의 이야기를 사진과 함께 인터넷 기사로 실었다. 기사는 삽시간에 인터넷을 뜨겁게 달구었고 사람들은 국민 참여 재판을 열라는 댓글을 달기 시작했다. 경찰서에 앉아 순식간에 우리 가족 이야기를 인터넷으로 확인하자니 세상이 무섭기도 하고 놀랍기도 했다. 내가 댓글 내용을 이야기하자 두 아빠는 눈을 빛냈다.

"좋아. 국민 참여 재판을 하자고."

양복이 이렇게 말하자 트레이닝복은 팔짱을 꼈다.

"아니, 내가 진짜인데 무슨 재판이요? 내가 왜요?"

다행인지 불행인지 국민 참여 재판은 살인, 강도, 강간 등 강력 범죄와 뇌물죄 등 부패 범죄 및 대법원 규칙이 정하는 중대한 사건에 한정된다고 경찰관 아저씨가 말했다. 두 사람 사건의 경우 신청할 수 없다는 말이다.

"그냥 두 분이 함께 한 집에서 오순도순 사시면 안 돼요?"

경찰관이 능글능글 웃으며 말했다. 사태의 심각성을 전혀 모르는 소리다.

"싫어."

"미쳤어요? 내가 왜?"

두 아빠가 처음으로 의견의 일치를 봤다.

"딱히 두 사람 중 한 사람이 범죄를 저지른 것도 아니고 저희로서는 어떻게 할 수가 없네요. 도플갱어인가? 왜 전 세계에 세 명인가 몇 명 있다잖아요. 도플갱어 만나면 죽는다는 말도 있고. 죽지 않았으니 다행이죠, 뭐."

이런 황당한 말을 하던 젊은 경찰은 두 사람 가까이 얼굴을 들이밀더니 소곤소곤 말했다.

"그런데 두 분. 똑같은 사람을 보는 기분이 어때요?"

경찰은 재미있는 듯 이렇게 물었다. 두 아빠는 어이없다는 표정으로 일어섰다. 엄마와 나도 따라 일어서 우리 네 사람은 하릴없이 경찰서를 나올 수밖에 없었다.

"국민 참여 재판을 할 수는 없지만 가까운 친척이 모여 판결을 할 수는 있지 않아요?"

경찰서를 나오며 내가 한 말에 엄마도 두 아빠도 좋다고 고개를 끄덕였다. 주변 사람 아홉 명을 선정했다. 기권은 없고 무조건 두 사람 중 한 사람을 선택해야 했다. 큰엄마, 큰아빠, 외할머니, 이모, 외삼촌, 아빠의 제일 친한 친구 한 명, 엄마의 제일 친한 친구 한 명, 그리고 엄마와 나.

일요일에 배심원 아홉 명이 모두 모이기로 했다. 전화를 했을 때 사람들은 무슨 소리인지 이해를 못하다가 거듭된 설명에 겨우 상황을 파악하고는 모두 한목소리로 장담했다.

"내가 보면 한눈에 딱 알아볼 수 있지. 조금도 걱정하지 마."

특히 큰아빠와 큰엄마는 자신만만했다.

"내가 걔를 업어 키웠다니까."

"내가 결혼했을 때 서방님이 까까머리 중학생이었다니까. 내 동생보다 서방님에 대해 더 잘 안다고."

그러나 집에 들어서서 두 사람 얼굴을 보는 순간 모두 입을 다물지 못했다.

"아이구야. 옹고집이야 뭐야? 자네 둘 중 하나가 손톱을 막 버린 거 아닌가? 쥐가 먹고 변신한 게 틀림없다, 우짜노."

외할머니 말에 모든 사람이 황당한 표정을 지었다. 큰아빠가 두 사람에게 다가가 옷을 올려 봐라 내려 봐라 어깨를 짚어 본다 입을 벌리고 어금니를 살펴본다 한바탕 난리를 치고 난 뒤 한숨을 쉬었다.

"돌아가신 어머니가 살아오신다면 모를까. 겉모습만 봐서는 도

저히 누가 내 동생인지 모르겠네."

할 수 없이 아홉 사람은 두 사람을 상대로 이런저런 말을 물어보기 시작했다.

"아버지 생신이 음력으로 며칠이지?"

양복 아빠가 힐끗 엄마 얼굴을 봤다. 그러나 엄마는 힌트를 줄 생각이 전혀 없어 보였나.

"기일은 음력 삼월 사일인데……."

돌아가신 지 오래되어 양복 아빠는 아마도 생신 날짜는 잊어버린 모양이었다. 그때 잠자코 있던 트레이닝복 아빠가 자신 있게 말했다.

"음력 시월 구일. 우리가 어렸을 때 음력 한글날이네 그랬잖아요, 형님."

"암, 그랬지. 흠."

큰아빠는 고개를 끄덕이며 양복 아빠를 째려봤다. 양복의 얼굴에 아차 하는 표정이 스쳐 지나갔다.

"그렇담 요번에는 내 차례예요. 제가 한 번 유산한 적이 있는데요. 언제였을까요?"

양복 아빠는 어리둥절한 표정이었다.

"형수님이 유산을 하신 적이 있다고요? 난 진짜 몰랐어요. 난 그때 어렸잖아요. 정말 몰랐다구요."

양복 아빠는 두 손을 마구 휘저으며 말도 안 되는 문제라고 떠들었다. 트레이닝복 아빠는 침통한 표정을 지으며 침착하게 말했다.

"결혼하자마자죠. 그때 우리 어머니가 틀림없이 아들인데 유산됐다고 조심 좀 하지 그랬냐고 골백번도 더 말했잖아요. 형수님이 서운해 하며 뒤뜰에서 울던 거 본 적도 있어요."

"맞아요. 그 뒤로 내가 딸만 둘 낳자 대 끊어 놓는다고 어머니가 얼마나 성화를 하셨는지. 지금도 어머니 생각하면 서운하다니까요."

양복 아빠는 정말 억울한 표정으로 사람들을 둘러봤다.

"아, 난 진짜 몰랐다구요. 그런 일을 애들이 어떻게 아냐구요?"

사람들은 그렇다고도 아니라고도 하지 않았다. 그저 둘 중 누가 진짜 우리 아빠인지 밝혀내기 위한 감시의 눈을 한순간도 소홀히 하지 않을 뿐이었다.

"형부, 들. 나 처음 만났을 때, 선물로 뭐 사 주셨죠?"

이모의 말에 양복 아빠는 자신 있다는 표정으로 먼저 말했다.

"구두."

트레이닝복 아빠도 고개를 끄덕였다.

"그럼 저 결혼할 때 뭐 해 주셨죠?"

양복은 눈을 데굴데굴 굴렸다.

"뭐였더라?"

이 사람 저 사람 눈치를 보던 쥐색 양복은 하나를 찍는 것 같았다.

"음, TV?"

이모가 땡이라고 경쾌하게 말했다.

"원래 세탁기나 에어컨 중에 하나 사 준다고 했는데 갑자기 나 해외 출장 가는 김에 가족 여행한다고 돈으로 줬지. 알아서 사라고."

"딩동댕!"

이모가 트레이닝복을 가리키며 소리쳤다.

"이쪽이 우리 형부."

외할머니 질문에 양복 아빠는 입조차 떼지 못했다. 사람들은 눈짓으로 트레이닝복이 진짜라고 결론을 내렸다.

"자, 당신이 무슨 목적으로 내 동생 흉내를 내는지 모르겠지만 우리가 안 이상 그렇게 쉽게는 안 될 거야. 썩 꺼져라 이놈아."

큰아빠가 양복 앞에 가서 발을 구르며 소리쳤다.

"아, 형님. 어떻게 혈육도 못 알아봅니까? 진짜 서운합니다."

양복은 억울하다는 표정을 지으며 큰아빠 바짓가랑이를 잡았다. 그러자 큰엄마가 양복의 손을 탁 치며 거들었다.

"서운한 거 좋아하네. 우리 시동생은 이쪽이 틀림없어요. 당신은 당장 나가요."

이모와 외할머니도 마찬가지였다. 몇 가지를 물어본 아빠 친구와 엄마 친구도 고개를 끄덕였다.

"인규 씨는 늘 부드럽고 자상했어요. 우리들이 정아를 얼마나 부러워했는데요. 돈 잘 벌고 젠틀한 남편 만났다구요. 그런데 양복 입은 분은 너무 무례한 것 같아요. 아무래도 이쪽이……."

엄마 친구가 그렇게 말하자 아빠 친구는 고개를 갸웃갸웃하면서도 아니라고 반박은 안 했다.

"나도 잘 모르겠는데. 다른 사람들이 다 그렇다면 다수결로 해야겠죠."

아빠 친구가 이렇게 말하자 양복은 서러움이 복받치는 듯 가슴을 쾅쾅 쳤다.

"최종 결정은 가족이 내려야 하지 않나요? 선후 엄마하고 선후."

나와 엄마는 눈을 마주치고 고개를 끄덕였다. 나는 엄마에게 마음 단단히 먹으라는 눈짓을 했다.

"저는 이쪽이요."

내가 트레이닝 아빠를 지목하자 엄마도 고개를 끄덕였다.

"나도."

나를 노려보던 쥐색 양복은 엄마마저 트레이닝복을 선택하자 괴성을 지르며 머리칼을 쥐어뜯었다. 나와 엄마는 움찔했다. 설마 사람들 많은 데서 폭력을 행사하지는 않겠지만 순간적으로 두려웠던 것도 사실이다. 외삼촌이 나섰다.

"자, 그럼 우리 매형 행세를 한 이 사람을 어떻게 할까요? 아예 지금 당장 경찰에 넘길까요?”

“그럽시다. 무슨 짓을 할지 모르잖아요. 사기를 칠 수도 있고 대출을 받을 수도 있고.”

“어머, 진짜. 그냥 놔두면 안 되겠네. 당장 감옥에 처넣어야겠네요.”

엄마가 두 손을 저으며 나섰다.

“그냥 놔둬요. 무슨 이유인지 모르지만……. 그냥 이 집에서 나가라고 하면 되지.”

“아니 왜? 혼을 내야 다시는 안 그러지.”

외삼촌 말에 엄마는 망설이며 말했다.

“선후 아빠하고 똑같이 생긴 사람을 감옥에 넣는다는 게 왠지 께름칙해. 그리고 아직까지는 무슨 죄를 지은 것도 아니고…….”

나도 고개를 끄덕였다. 나와 엄마의 눈이 오래오래 서로를 바라봤다. 우리 둘을 바라보던 트레이닝복이 나섰다.

“당신 운 좋은 줄 알아. 우리 아내와 아들이 착해도 너무 착해서 그렇지 안 그랬으면 당신 당장 구속됐어. 앞으로 우리 가족 곁에 다시는 얼씬거리지도 마. 만약 우리 집이나 가족 근처에 한 번이라도 얼씬거리거나 깨알만큼이라도 우리 가족한테 해를 끼쳤다간 바로 경찰에 신고할 테니까. 알았어?”

그러더니 아빠는 쥐색 양복을 두 팔로 번쩍 들어 현관 문 밖으로 내놓은 뒤 문을 닫았다. 밖으로 끌려 나가자 세차게 현관문을 두드리던 쥐색 양복은 다시 나간 아빠에 의해 강제로 엘리베이터에 태워져 밖으로 내쫓겼다.

"현관 비밀번호 바꿔야 되지 않아, 누나?"

"어? 어어, 그래."

우리가 비밀번호를 바꾼 뒤 저녁을 먹으러 나갔을 때 아파트 계단에 앉은 쥐색 양복은 그때까지 울고 있었는지 눈이 빨갛고 얼굴이 꾀죄죄한 채 멍하니 우리를 바라봤다.

"만약 저 사람이 진짜 내 동생이면 어떡하지?"

한참을 걸어온 뒤 큰아빠가 걸음을 멈추고 중얼거리자 모든 사람이 동시에 그럴 리가 없다고 소리쳤다. 큰아빠는 뭔가 찜찜하다는 표정을 지었지만 큰엄마가 소매를 잡아끌자 따라왔다. 뒤돌아보다 쥐색 양복의 눈과 마주쳤을 때, 나는 깜짝 놀라 얼른 고개를 돌렸다. 식당에 가서 사람들은 세상에 별일을 다 봤다고 웃으며 얘기했다. 「세상에 요런 일도」라는 프로그램 제작진에게 연락을 해야 되지 않느냐는 말에 엄마와 나는 반대했다.

"모두 잊고 싶을 뿐이야."

"저도요."

엄마의 지친 낯빛을 보고 사람들은 고개를 끄덕였다.

다음 날 인터넷 서점에서 『옹고집전』을 주문해 배송 되자마자 단숨에 읽은 나는 그동안 옹고집전과 쥐 변신 설화를 혼동하고 있었음을 알았다. 옹고집전에는 손톱을 먹은 쥐가 나오지 않았다.

다시 인터넷으로 쥐 변신 설화를 찾아봤다. 함부로 버린 손톱을 먹은 쥐가 주인으로 변해 소동을 일으키다가 자신의 집에서 쫓겨나는 내용이었다. 우리 집의 경우 한바탕 소동은 있었지만 이제는 모든 것이 안정됐다. 엄마 아빠는 더 사이가 좋아졌고 나와 아빠 사이도 좋아졌다. 모두가 행복해졌으니 해피엔딩이다.

'그럼 됐지 뭐. 더 이상 신경 쓰시 말자.'

나는 몇 번이나 중얼거리며 방 안을 서성거렸다.


수업을 끝내고 집에 갈 때였다. 상가 밀집 지역을 지나는데 누군가 앞을 가로막았다.

"선후야."

쫓겨난 아빠가 엄청 달라진 모습으로 내 앞에 서 있었다. 헝클어진 머리, 후줄근한 양복, 먼지가 뽀얀 구두, 누리끼리한 와이셔츠. 어디서 노숙을 하고 있는지 퀴퀴한 냄새가 진동했다.

"선후야, 아, 아빠야."

그런 모습은 태어나 생전 처음 봤다. 나는 눈을 맞추지 않고 옆으로 비키며 낮게 말했다.

"더 이상 따라오면 또 신고할 거예요."

그는 학교 앞으로 왔다가 나의 신고를 받고 출동한 경찰에 의해 두 번이나 끌려갔다. 잠시 잠잠하더니 다시 찾아온 것이다. 부지런히 걸어가는 나를 그가 다급한 걸음걸이로 따라왔다. 나는 더 빨리 걸어 아예 뛰다시피 했다. 가슴이 쿵쾅거렸다. 당장이라도 커다란 손이 뒤통수를 후려칠 것 같았다. 너를 어떻게 키웠는데 어쩌구저쩌구 하는 말이 들려올 것 같았다. 나는 엄마 얼굴을 떠올리며 마음을 다잡았다.

"서, 선후야. 너는 알잖아. 그렇지? 다, 다른 사람은 다 몰라도 너는, 너는 알지?"

나는 그 자리에 우뚝 섰다. 한동안 가만히 서 있다 천천히 돌아서 그와 마주 봤다. 그의 뒤쪽으로 포장마차가 보였다. 엄마와 가끔 가던 포장마차.

"애 성적이 이런데 집구석에서 대체 뭐했어? 이런, 머리에 똥만 가득한 것들. 대체 뭐가 되려고 그래? 엉? 이런 버러지만도 못한 것들."

무언가 깨지는 소리. 나는 바퀴벌레가 되어 집구석 어딘가로 숨고 싶었다. 어둠 속에 숨어 내 가느다란 발가락들을 세어 보고 싶었다. 엄마의 비명은 정말이지 더 이상 듣고 싶지 않았다. 한참을 때려 부수던 아빠가 잠이 들어 잠잠해지면 엄마는 내 방으로 들어왔다. 침대 옆 구석에 쪼그려 앉아 울고 있는 내 손을 잡고 무작정 집을 빠져 나왔다. 엄마와 둘이 손을 잡고 거리를 헤매다 들어갔던 포장마차.

"아빠는 술이 취해서 그러신 거야. 우리를 미워하는 게 아냐."

엄마는 떨리는 손으로 자꾸만 우동 그릇을 내 앞으로 밀어 놓으며 말했다. 퍼렇게 멍든 엄마의 팔뚝과 종아리를 차마 볼 수 없어 짜디짠 우동 국물만 퍼먹던 밤.

"내일이면 아빠는 아무 것도 기억 못할 거야."

그게 더 싫다는 말 대신 고개 돌려 밖을 봤을 때, 하늘에서 파란 손톱달이 나를 굽어보고 있었다.

그때 일을 떠올리며 포장마차를 보는데 그가 말했다.

"선후야, 너, 너, 너는 알잖아. 내가 진짜 아빠라는 거."

물론 나는 처음부터 그가 진짜 아빠라는 사실을 알고 있었다. 그것은 엄마도 마찬가지였을 것이다. 두 사람의 아빠를 보자마자, 아니 우리 집에 가짜가 들어온 순간, 엄마는 알았을 것이다. 우리 아빠의 특기인 폭력. 가짜에게는 그게 없었다. 가짜는 집에 들어오자마자 엄마의 어깨 위에 부드럽게 손을 얹고 활짝 웃었단다. 그 순간 엄마는 당연히 자신의 남편이 아니라는 사실을 알았을 테지. 나 역시 그렇다. 학원 끝나고 집에 오자 엄마 아빠가 현관 앞에 나란히 서서 나를 맞았다. 들어오는 나를 맞는 아빠 얼굴을 보며 저런 얼굴이 바로 자신의 피붙이를 바라보는 인간의 얼굴이구나 하고 느꼈다. 조금 어색해 했지만 아빠 뒤에서 행복하게 웃는 엄마의 얼굴을 보자 나는 무슨 일이 벌어졌음을 직감했다. 어떤 불가사의한 사건이 벌어졌더라도, 그렇더라도, 그것이 무엇을 의미하더라도, 설사 그 일이 지구의 종말을 가져오더라도 나는 내 인생에 단 한 번 주어진 행운을 놓쳐 버리는 바보짓은 하지 않겠다고 결심했다.

나는 안경을 벗었다.

"이거 보여요?"

초등학교 입학하던 해였다. 엄마를 때리는 아빠 다리를 물었던 나는 발길질에 붕 떠서 벽에 부딪혔다 떨어지며 책상 모서리에 얼굴을 찧었다. 날카로운 모서리에 찍힌 눈 옆에서는 피가 철철 흘렀다. 의사는 조금만 옆에 부딪혔어도 실명했을 거라며 정말 넘어져서 그런 게 맞느냐고 물었다. 아빠는 내 어깨를 꽈악 잡고 있었고 나는 고개를 끄덕일 수밖에 없었다. 내가 얼마나 위험한 집에 살고 있는지 전달하고 싶어 아빠 모르게 처절한 눈빛을 보냈지만 의사는 차트만 작성했다. 아빠도 기억이 나는지 고개를 돌렸다. 다른 곳의 상처를 보여 주지 않아도 된다는 사실이 고마울 뿐이었다.

"서, 선후야. 다 너 잘되라고 그런 거야. 나, 나한테 누가 있냐? 자식이라고는 너뿐인데. 이 세상에 너 하나뿐이야. 내 모든 것을 다 너한테 물려줄 거야. 넌 내 모든 것이야. 잘 교육시키려고 그런 거야. 네, 네 잘못을 바로잡아 주려고."

나는 당장이라도 폭발할 것 같은 마음을 억누르고 싸늘하게 말했다.

"교육? 일곱 살짜리가 잘못했으면 뭘 얼마나 잘못했는데?"

"서, 선후야. 그래, 그래. 아빠가 자, 잘못했어. 이젠 안 그럴

게."

"나한테 제일 힘든 게 뭔 줄 알아? 엄마를 지켜주지 못한다는 자괴감보다 더 절망적인 건 나도 당신 같은 인간이 될지도 모른다는 두려움."

"……"

"나는 무슨 일이 있어도 당신과의 고리를 끊을 기야."

나는 돌아섰다. 회사나 집 밖에서는 성공한 중년. 그러나 술만 취하면 때려 부수고 엄마 머리채를 질질 끌고 들어가 폭력을 행사하던 인간. 울며 매달리는 내 목을 조르던 순간의 짐승 같던 붉은 눈. 그러나 이제는 무섭지 않다. 그러고 보니 내가 어느새 아빠보다 훨씬 더 컸다.

"너랑 엄마한테 저, 정말 잘못했어. 죽을 때까지 사죄하면서 살게. 이제 다시는, 다시는 안 그럴게. 나도 어떻게 아빠가 돼야 되는지 모, 몰랐어. 그, 그래. 나도 몰랐던 거야. 몰라서 그랬던 거야."

아빠는 그대로 땅바닥에 무릎을 꿇었다.

"아니. 당신은 몰라서 그랬던 게 아냐."

나는 단호하게 말했다.

"우리가 약하니까 그랬던 거지. 때려도 맞서지 못하니까…… 맘대로 짓밟은 거야."

한 번 천국을 맛본 자는 지옥을 견디지 못하는 법이다.

"서, 선후야."

"어제 엄마랑 제일 사나운 개 한 마리 사 왔어. 고양이 데리고 와도 소용없을 거야."

그 말을 하는 순간 내가 아직도 아빠를 두려워하는 어린애일 뿐이라는 사실을 들켰을까 봐 심장이 투두둑 떨렸다. 나와 엄마는 이제 새아빠의 손톱을 쓰레기통에 버리지 않고 고운 은접시에 담아 서재에 갖다 놓는다는 말은 하지 않았다. 한때 아빠였던 이에게 보내는 아들로서의 마지막 예의였다.

샘, 오늘 수업 못 해요

1

샘, 아, 미안해요. 딱 한 대밖에 안 피웠어요. 냄새 많이 나요? 창문도 열어 놓고 가글도 했는데. 네, 알았어요. 근데 샘. 학생한테 웬 욕이에요? 과외 샘도 샘은 샘이고 과외 제자도 제자는 제잔데. 학생인권조례도 모르세요? 때리거나 욕하면 어떻게 되는지 알게 해 드려요? 네? 학교 선생님은 못 때려도 과외 선생은 괜찮다고요? 신고하려면 하라고요? 아우, 정말.

근데요, 오늘 수업 못 해요. 아니, 오늘은 진짜 아파서 못하는 거라구요. 진짜예요. 어제 야구방망이로 엉덩이 수십 대 맞았다구요. 자기 죽으면 전 재산 사회에 환원한다면서 개발새발 욕하고요. 누군 누구예요 우리 아빠죠. 엄마 아니었으면 아마 맞아 죽었을 거예요. 그럴 거 왜 낳았나 몰라요. 진짜 아버지도 아니에요. 분명히 출생의 비밀이 있을 거예요. 그렇지 않고서야 이렇게 미워할 수가 있냐고요. 지난번에 골프채로 아무데나 막 때렸다는 말도 했죠? 만약에요, 내가 어느 날 갑자기 죽잖아요? 절대 자살

아니라고 샘이 세상에다 좀 밝혀 주세요. 아마 아빠한테 살해당했을 거라구요.

야구방망이로 맞은 이유요? 이유는 무슨. 별 이유도 없다니까요. 괜히 그럴 리가 있냐구요? 아니, 그게요 젠장. 오토바이 때문이죠. 제 친구가 오토바이 타고 가다가 로데오 거리에서 사고 났거든요. 도로 바닥에 머리를 갈았대요. 뇌가 심하게 손상됐다네요. 네, 식물인간이죠. 뒤에 탔던 여친도 어마무시하게 다쳤고요. 뺑 아니에요. 그런 말을 누가 뺑으로 해요. 시베리아 벌판 같은 시키. 내가 소시오패스라구요? 나도 어제 그 소식 처음 들었을 때는 울었어요. 네에. 진심. 오토바이가 내 거라는 게 밝혀져서 우리 아빠한테 연락 간 거죠. 오토바이요? 네에. 그 시키가 빌려 타고 가서 그렇게 된 거예요. 시바. 아빠가 사 줄 리가 없죠. 내가 엄마 졸라서 샀죠. 안 사주면 가출한다고 했죠. 엄만 뭐 내 편이니까요 항상. 병원에 갔는데 면회도 안 돼요. 걔네 아빠가 나 보면 가만 안 있을 것 같아서 누구라고 말도 못하고 눈물만 흘리다 왔어요. 영주 있잖아요. 누군 누구겠어요? 아, 오토바이 사고 난 도균이 여친 말이에요. 로사 빵집 알죠? 거기 회장 손녀딸이에요. 진짜 언론 보도 막으라고 난리도 아닌 것 같더라고요. 슬픈 거나 걱정 되는 것보다 명예가 더 중요한가 보죠 뭐. 덕분에 나까지 한 달 간 외출 금지예요. 아, 진짜 짜증나요. 그런다고 공부가 돼요?

샘, 딱 한 대만 더 피우면 안 돼요? 아! 알았어요. 요즘은 담배

값이 장난 아니에요. 정부가 완전 장사꾼이에요. 미쳤어요. 샘도 참. 고딩이 담배 안 피우면 누가 피워요? 정부에서도 아마 속으로는 은근 청소년 흡연 장려할 걸요? 어떡해서든 돈만 걷으려고 눈알이 빨갛잖아요. 아, 손 떨려. 니코틴 부족 현상이에요. 샘, 자비를 베푸세요. 플리즈 원 모어 시가렛. 아. 샘은 너무 몰인정해, 흑흑.

2

샘, 진짜 얼마나 웃긴 일이 있었는지 아세요? 나, 오늘 수업 못 해요, 진짜. 어제 학교에 갔거든요. 졸업은 해야죠. 새로 우리 반 된 애들은 쫄아 가지고 내 눈치만 보더라고요. 네, 뭐 나의 명성을 익히 들은 거죠. 깡패라뇨? 샘 진짜 말씀이 너무 사실적이시네요. 제 주위에는 애들이 앉지도 않더라고요. 아, 진짜 이제는 그런 찌질이 짓 안 해요. 네에. 돈도 이제 안 뺏을 거예요. 우리 집이 돈이 없어요 뭐가 없어요. 그냥 재미로 그런 거죠. 구체적으로요? 음, 커터 칼로 손등 찌르고 볼펜으로 온몸에 낙서하기, 머리카락 둥글게 자르고 잔디에 물 주자 하며 물 뿌리기, 또요? 흙 섞인 눈이나 귤껍질, 계란 껍데기 먹이기, 화장실에 가두기도 하고 잘게 부순 샤프심 뿌리기, 교실 창가 커튼 뒤에서 바지 내리고 거시기 만지기. 게이라뇨? 나 게이 아니에요. 게이들 진짜 죽여 버리고 싶도록 혐오하는 사람이라고요 내가요. 아, 게이 진짜. 왜 싫으냐구요? 진심 싫어요. 그냥. 네. 이유도 뭐도 없어요. 그냥 그 존재 자체가 싫어요. 남자들끼리 침대에 누워 있는 거 상상만 해도, 아우 진짜 가슴에 털이 북슬북슬해 가지고 서로 껴안고 있다고 생각해 보세요. 진짜 살인 충동을 느낄 정도로 혐오스럽다니까요. 내가 더 혐오스럽다뇨? 샘, 게이 좋아하세요, 혹시? 흥. 제자 앞이니까 괜히 도덕군자인 척 그렇게 말하는 기죠? 속으론 샘도 게이들 싫죠? 진짜요? 의외인데요? 성소수자들을 그 자체로 존중한다고요? 헐! 취향 참 독특하시네요. 그건 그렇고 내가 한 일이야 뭐 다 장난이죠. 친구잖아요. 친구끼리 그럴 수도 있죠. 나한테 당하는 애들은 지옥이라구요? 알았어요. 이젠 절대 안 한다니까요. 여자애 팬 거요? 아이, 진짜 내가 왜 여자애를 그렇게 팼는지 모르겠어요. 구 전체에 소문이 쫘악 났다니까요. 여자랑 맞짱 떠서 전치 8주 만든 또라이라고. 그땐 빡 돌아가지고 그냥. 샘, 전치 8주라니까 대단한 폭력 같죠? 뺨 두 대 때렸더니 그렇게 나오던데요? 고막 터진 거요? 그게, 고막이 그렇게 약한 신체 기관인지 처음 알았다고요. 다 어릴 적 철없던 행동이잖아요. 그만 잊어버리세요. 네? 불과 몇 달 전이라고요? 흥흥, 그러네요. 아무튼요. 정말 다신 그런 유치한 짓 안 해요. 집중해 주세요. 네, 일베 쓰레기짓도 안 한다니까요, 정말. 네, 진짜 일베는 다시는 안 할게요.

오늘 학교에서 있었던 얘기나 마저 할게요. 우리 반 애들은 다 그러고 있는데 웬 처음 보는 애가 내 옆자리에 오더니 앉더라고요. 그러더니 자기 이름은 정후라면서 이름이 뭐냐고 묻는 거예요. 생긴 건 꼭 멸치 대가리같이 말라 비틀어져 가지고는 눈은 또 새우젓만 하더라고요. 그 눈으로 뭐가 보이긴 보이는 건지 원. 난 대꾸도 안 하고 쓰윽 한 번 훑어 내렸죠. 그런데 글쎄 정훈지 멸치 대가린지가 내 뒤통수를 빡 가격하는 거예요. 정녕 네가 미쳤구나 싶어 멍하니 바라봤더니 씨익 웃어요. 네. 멸치 대가리가 웃어요. 너무 어이가 없으면요, 샘. 그냥 멍해지는 거 알죠? 반 애들은 얼음이 돼 가지고 괜히 슬금슬금 비켜나고 나는 도대체 이 정신이 가출해 버린 멸치를 어떻게 처리해야 하나 오히려 허둥거려지더라니깐요. 근데 그런 걸 아는지 모르는지 그놈이 나한테 일장 훈계를 하지 뭐예요. 친구가 물어보면 대답을 해야지 그러는 게 아니다. 좋게 말할 때 얼른 이름을 대라. 난 순간 혹시 나보다 더 센 놈이 전학이라도 온 건가 머리를 굴렸죠. 구 전체를 통틀어 내가 모르는 일진은 없는데 어디 지방에서라도 온 건가.

잠깐만요. 간식 가져왔나 봐요. 프라이드치킨 시켜 달라고 했거든요. 아, 아줌마 이리 주세요. 샘, 먹고 해요. 유기농 수제 치킨 집인데 비싸긴 해도 맛이 죽여 줘요. 앞으로 수업 시간에 먹을 거 시키지 말라고요? 그럼 언제 시켜요? 샘, 솔직히 나요, 수학 과외 아무리 해도 수능 수학 점수 삼십 점 못 넘는다는 데 내 손모가지를 걸게요. 그냥 이 시간에 인생 상담하는 거라고 생각할게요. 샘하고 과외 계속하는 한 뭐, 그래요, 자살은 안 한다고 약속할게요.

그리고 샘은 섹시하니까 내가 절대 안 짤리게 할게요. 아. 미안요. 솔직히 섹시는 아니죠, 뭐. 볼륨감이 좀 없잖아요. 아. 먹을 때는 개도 안 때린다는데 왜 때려요? 나요? 못생기고 키도 작다고요? 샘, 그래도 나는 돈 많은 집 외동아들이잖아요. 전 재산 사회 환원 요? 아오. 설마 우리 아빠가 진짜 그렇게 하겠어요? 엄마보다 아빠가 먼저 가야 되는데. 그럼 엄마는 내 편이에요. 걱정 없어요. 만약 엄마가 먼저 하늘나라 가고 아빠가 재혼하면 난 망하는 거죠. 아, 치킨에는 맥주가 딱인데. 환상의 궁합이죠. 아쉽네. 아야, 어쩐 일로 안 때린다 했네요.

정후요? 아아, 멸치대가리요? 그러니까 전학 왔대요. 일진은 아니고 전혀 몰라서 그런 거죠. 애가 순박하더라고요. 한 시간 끝나고 어디 나갔다 오더니 갑자기 경직돼 가지고 말도 못하고 후덜덜 떨더라니까요. 아마 나에 대해서 누구한텐가 들었나 봐요. 사시나무처럼 떠는데 안됐잖아요. 샘 말대로 이제 폭력도 그만 써야 될 것 같고, 같은 반 애들은 안 건드리려고요. 더구나 짝인데요. 그래서 내가 모르고 그런 건데 너무 신경 쓰지 마라, 그랬죠. 너 안 괴롭힐 테니까 친구로 지내자고요. 아, 또라이. 말 끝나자마자 다시 또 내 뒤통수를 때리는 거예요. 해맑게 웃으면서. 자긴 뭐 내가 그렇게 앞뒤 꽉 막힌 밴댕이가 아니라는 걸 첫눈에 알아봤다나요? 샘이 정말 멸치 대가리를 봐야 되는 건데. 진짜 진짜 보기만 해도 웃음이 피식 나온다니까요. 핸드폰 가게 앞에 선전용

풍선 있잖아요? 키 크고 이렇게 이렇게 흔들리는 거요. 걔가 그 거랑 똑같다니까요. 정말 무식해서 용감한 건지 순진해서 만용을 부리는 건지.

멸치가 오늘은 또 얼마나 골 때렸는데요. 점심시간에요. 내 등을 툭 치더니 자기 점심 좀 받아 놓으라는 거예요. 똥 좀 싸고 오 겠다나요. 헐, 미친. 내가 설마 걔 식판까지 받아 왔냐구요? 그게 진짜 웃기더라고요. 샘. 지금까지 한 번도 나한테 그런 식으로 대 한 애가 없었잖아요. 진짜 신기한 거예요. 미친놈이라고 욕을 하 면서 나도 모르게 걔 밥까지 받아서 옆에 놨다니까요 글쎄. 멸치 요? 조금 있다 오더니 내 머리를 콩 쥐어박으면서 밥을 왜 이렇게 조금 받아왔냐고 구박을 하더니 아무튼 고맙다 이러고 먹더라고 요. 애들요? 다 쳐다보고 난리죠. 입을 헤벌리고 멍하니 보더라고 요. 네? 아, 그렇죠. 어제부터 같이 먹는 거죠, 멸치랑요. 하도 말 을 많이 하길래 내가 입 좀 닥치라고 했더니 뭐라는 줄 아세요? 밥 먹을 때 말하지 말라는 거 다 가부장적 이데올로기에서 온 거 래요. 아, 그 말 하면서 밥알을 내 얼굴에 팝콘처럼 파바박 튀기는 거 있죠? 그래서 내가 밥숟가락을 탁 놨더니 그만 먹냐면서 닭찜 남은 거 자기가 먹어도 되냐며 홀라당 가져가서 호로록 호로록 처먹는 거예요. 삐쩍 말라비틀어진 게 먹을 건 드럽게 많이 먹더 라고요. 암튼 재밌는 놈이에요. 아오, 내일은 또 뭔 짓을 할라나, 멸치가?

## 3

샘, 오늘 수업 못 합니다. 전화기 꺼 놓습니다.

## 4

지난 주 금요일이요? 그날은 제 컨디션이 너무 안 좋아서요. 죽고 싶다는 카톡 왜 보냈냐구요? 뭐, 그냥. 에휴, 그냥 술술해서 그랬다니까요. 다들 그렇잖아요. 죽고 싶다 뭐 그렇게 생각하지 않나요, 매일? 아니에요? 죽고 싶다는 생각이 들지 않아요? 아. 샘은 신경줄이 동아줄이라 그런가 보다. 진짜 강철 멘탈인 샘이 이해할 리가 없죠. 그날은 그냥 아무도 만나고 싶지 않아서 커튼 다치고 방문 잠그고 깜깜한 방에 가만히 있었죠. 에이, 그날 일은 그만 얘기해요. 오늘은 기분 엄청 좋으니까요.

그나저나 샘, 오늘 나 정말 수업 못 해요. 아, 오늘은 진짜예요. 나요, 전교 회장 후보로 나가게 생겼다니까요. 네에. 진짜예요. 성적이요? 그렇죠. 꼴찌, 네 맞아요. 진짜로 전교 꼴찌냐구요? 아이 샘도. 맞아요. 전교 꼴찌예요. 그렇지만 우리 학교는 말이죠 이번에 전교 회장 자격에 성적 조항을 없앴대요. 우리 담탱이가 절 부르는 거예요, 어제. 우리 담탱이 학교 이사장 딸이거든요. 벤틀리 몰고 다니고요. 명품 아니면 걸치지를 않아요. 학교요? 그냥 심심풀이로 다니는 걸걸요? 얼굴도 다 갈아엎었어요. 보면 딱 티가 난다니까요. 몇 년 지나면 교감 돼 있을 거예요 아마.

어제 점심시간에 담탱이가 날 부르더니 의자를 끌어당겨 놓고 앉으라는 거예요. 난 무슨 일인지 몰라 멍하니 있었죠. 바로 전에 교실에서 담배 피우다가 한국사한테 걸렸거든요. 화장실에서 안 피우냐구요? 난 걍 교실에서 피워요. 화장실은 냄새 나서요. 드러운 곳에서는 흡연을 못하는 깔끔한 성격이거든요. 그리고 솔직히 교실이 더 안전하다니까요. 샘들이 화장실만 뒤지니까요. 그런데 어제는 재수 없게 한국사가 뭐 두고 갔다고 다시 오는 바람에 걸렸죠. 담배 피다 걸리면 무조건 벌점 20점이거든요. 벌점 대신 한국사한테 책으로 머리통 세 대 맞고 난 뒤 넘어갔는데 바로 담탱이가 오라고 하지 뭐예요. 쫀쫀한 한국사가 일렀나 보다고 속으로 욕을 하면서 들어갔더니 글쎄 그 말을 하잖아요. 전교 회장에 출마하라는 말이요. 뭐라고 대답도 못하고 있다가 나는 아니라고 내가 감히 어떻게 전교 회장 선거에 나가냐고 점잖게 거절했죠. 근데 샘. 이상한 욕심이 스멀스멀 들긴 하더라고요. 마치 내가 나가도 될 것 같은 느낌이 드는 거예요. 담탱이도 나가라는데 괜히 거절할 거 뭐 있냐. 순간 아빠 얼굴도 떠오르고 말이죠. 한 가지도 자랑할 만한 일을 한 적이 없거든요. 아빠가 좋아하면 나도 좋냐고요? 뭐, 글쎄 모르겠어요. 덥석 한 번에 좋다고 하기도 쑥스러워서 아쉽지만 거절하고 나오려고 하는데 이러는 거예요. 윈윈하자고요. 네에, 담탱이가 윈윈하재요. 어리둥절해서 있었더니 이러지 뭐예요. 좀 사는 집 애가 전교 회장 되면 부모님이 학교에 관심도 더 많이 가지실 것 아니냐구요. 아, 그러니까 기부금이나 학교 시설 뭐 이런 거를 도와주실 수도 있고. 이러면서 노골적으로 얘기하는 거예요. 내가요? 다른 건 몰라도 정의롭기는 하다고요? 개똥같은 말씀이네요. 아. 펀치력이 점점 세지네. 진짜 뇌세포가 일주일에 천이백 개씩 없어진다니까요 샘 덕분에. 그럼 제 뇌세포는 벌써 하나도 없을 거라고요? 무늬아, 흥흥흥. 난 순진한 처 부모님과 상의해 보겠다고 했죠. 담탱이가 마지막으로 핵 펀치를 날리더라고요. 학교장 추천 지도자 전형으로 인서울 체대에 갈 수도 있다고요. 전 구십 도로 인사하고 교무실을 나왔죠.

그런데 샘도 우리 아빠 아시잖아요. 똥구멍 찢어지게 가난한, 근데요 샘. 가난한데 왜 똥구멍이 찢어지죠? 아아, 그래서 그렇구나. 그런 집에서 태어나 명문대 법대 나와서 자수성가 했잖아요. 얼마나 보수적이고 깐깐한데요. 아주 도덕적인 사고로 똘똘 뭉친 사람이거든요. 허락을 할 리가 없죠. 학교장 추천이고 뭐고 정정당당하게 대학 가라는 게 우리 아빠 철학이거든요. 답답하죠. 정정당당하게 해서 내가 대학을 갈 수 있으리라고 생각하는 그 순진함이 깜찍한 거죠.

우선 집에 오자마자 엄마한테 말했죠. 우리 엄마요? 당근 대박 좋아하면서 아는 사람들한테 전화 돌리고 난리 났어요. 내가 벌써 전교 회장이라도 된 것처럼. 우리 아빠요? 그게 말이죠. 엄마가 전화로 그 말을 하니까 다 들은 우리 아빠가 글쎄 아무 말도 안 하고 전화를 탁 끊더래요. 다 틀렸구나 생각했죠. 안 아쉽다면 거짓말이죠. 아빠가 퇴근하자마자 집에 왔더라구요. 케이크를 사 가지고요, 헐. 저녁 먹으면서 양주를 가져 오라더라고요. 뜨끔했 죠. 반쯤 따라 먹고 나서 소주 채워 놓은 거거든요. 양주는 왜 먹 냐고요? 샘, 사람이 술이든 인간이든 차별하고 그럼 안 됩니다. 주종불문 두주불사. 나의 인생관이기도 하고요. 아빠가 아무 말 도 없이 한 잔 마시더니 나도 한 잔 마시라는 거예요. 아빠가 글 쎄 술이 취하더니 눈물이 글썽해져서 나를 그윽하게 바라보는 거 예요. 소름 끼치게 말이죠. 그러더니 자신은 내가 큰 사람이 될 줄 알았다나요? 아무 걱정 말고 선거에 나가라면서 뭐든 다 지원해 주겠다는 거예요. 기부금을 내라면 내고 피아노를 열 대 기증하 라면 하겠다. 선생들 전체 회식을 해 주라면 일 년 내내라도 시켜 주고 축구 골대, 농구 골대를 갈겠다면 그렇게 해 주고 일 년 동 안 화장실 휴지도 다 대 주겠다고요. 정말 훈훈했어요.

한 번 나가 볼래요. 전교 회장 돼서 대학도 가면 좋잖아요. 체대 졸업하면 아빠가 체육 센터 하나 지어 준대요. 내가 판사, 의사, 교수 이런 거 되는 거 이제 다 포기했대요. 격이 떨어지지만 체육 쪽으로라도 성공하면 된대요. 더러운 세상이라고요? 그러게요. 그 아들에 그 아버지라고요? 에이 샘. 원래 세상은 공평한 곳이 아니잖아요. 설마 정의로운 세상이라고 생각하셨던 건 아니죠?

샘도 산전수전공중전 다 거쳤다고 하셨잖아요. 자, 그럼 오늘

은 수업하기도 뭐한데 샘 첫사랑 이야기나 한 편 들읍시다. 아야,
아야.

<h2 style="text-align:center">5</h2>

샘, 피곤해요. 내일부터 선거 운동해야 되거든요. 공식적인 선
거 운동은 내일이지만 암암리에 벌써 은근슬쩍 하고 있다구요.
아유, 피곤해 죽겠어요. 오늘 수업 진짜 못 해요. 후보가 혼자냐구
요? 오늘 후보 등록 마지막 날이었거든요. 나야 일찌감치 등록했
구요. 오늘까지 등록하는 사람 없으면 거의 자동으로 전교 회장
이 되는 거죠. 손도 안 대고 코 풀려고 한다고요? 걱정 마세요. 그
럴 일 없어졌으니까요. 전교 3등 하는 애가 후보로 나왔거든요.
근데 공부만 하던 애라서 좀 찌질하더라구요. 내가 더 찌질하다
구요? 샘은 진짜 내 편이에요 아니면 남의 편이에요? 아, 네. 남의
편이라구요. 당장 과외 때려치우고 싶으시다구요? 흠. 진정하세
요. 전교 3등이 글쎄 선거 등록 마지막 날인 오늘 그것도 마지막
시간에야 등록을 한 거예요. 근데 걔는 분명히 하고 싶지 않았나
봐요. 누군가 걔를 부추긴 게 틀림없어요. 우리 학교 재단에 불만
이 많은 선생이거나 뭐 주위 애들이거나. 암튼 걔는 하기 싫다면
서 공부에만 집중해야 되는데 뭔 짓이냐고 입이 댓 발은 나왔더
라고요. 아휴, 싸가지 없는 새끼. 그럼 안 나오면 되지. 안 그래요?
    선거 운동이요? 특별한 게 뭐 있나요. 먹이는 게 최고죠. 얻어

먹기만 하고 안 찍으면 그만일 것 같죠? 천만에요. 얻어먹는 순간 찍게 되어 있대요, 인간의 심리가요. 그러니까 영원히 선거에서 부자 당이 유리한 거 아니겠어요? 이런저런 구린 돈으로 처먹이니까. 나도 뭐 다른 작전이 있나요. 돈으로 처바르는 수밖에요. 엄마가 카드 줬거든요. 매일 피자 가게 치킨 가게 가서 쏘는 거죠. 반에도 돌리고. 벌써 한 오육백 썼을 걸요? 뭐가 많아요? 피자 한 번 쏘려면 열다섯 판은 쏴야 되죠. 콜라까지 하면 사십만 원 다 돼요. 애들 입이 얼마나 고급인데요. 두 판 주는 피자는 거들떠도 안 봐요. 그렇게 몇 번 쏘니까 몇백 홀떡 가던데요? 아휴, 또 욕하시네. 진짜 샘 나한테만 이렇게 욕하는 거 아니죠? 아휴, 그러다 결혼도 못해요. 샘 그럼 저랑 결혼할래요? 아. 농담이에요. 선생님? 제발 귀는 좀 잡아당기지 마세요. 아후. 과외 선생하고 연애하는 뭐 그런 영화도 못 보셨어요? 그게 다 처음에는 장난이지만 결국 결혼하게 된다구요. 아아아, 잠깐만요. 간식 왔나 봐요.

네, 들어오세요. 거기 놓고 나가세요. 샘, 먹으면서 해요. 이 집 빵이 엄청 맛있어서 일하는 아줌마 시켜서 일부러 사왔잖아요. 커피번이랑 특히 치즈롤이 맛있어요. 먹는 거만 안다고요? 다 먹고 살려고 하는 짓인데 왜 그러세요.

근데 선거 운동을 어떻게 해야 할까요? 뭐 좋은 의견 없으세요? 뭐예요. 정말 아무 의견이 없는 거예요, 아니면 나 당선되는 거 싫어서 일부러 그러는 거예요? 아, 네. 흥.

## 6

샘, 아, 진짜 오늘 얼마나 드라마틱했는지 아세요? 오늘 선거일 이었잖아요. 됐냐구요? 됐을 것 같아요, 떨어졌을 것 같아요? 맞춰 보세요. 왜요? 아, 얼굴이 죽을상이 아닌 걸 보니 됐을 거라고요? ㅎㅎㅎㅎㅎㅎ. 들어 보세요.

아침에 투표를 하기 전에 방송실에 가서 연설을 했어요. 우리 엄마가 논술 샘한테 이백만 원 주고 연설문 작성했거든요. 뭐가 비싸요? 두 장이나 써야 되는데. 우리 집 이제 돈 댔다 많거든요. 판사 할 때는 그렇게 부자는 아니었죠, 당근. 우리 아빠가 변호사 개업하면서, 네, 작년에요. 작년 한 해에 전관예우로 한 백억쯤 벌었다는 것, 아, 맞다. 이건 참 절대 비밀이라고 했는데. 엄마가 아무한테도 말하지 말라고 했거든요. 뭐가 많아요. 부장 판사가 변호사로 개업한 첫 해에 최소 오십억에서 백억 못 벌면 등신이라는데요? 못 들은 걸로 해 주세요. 게다가 웅변 강의까지 듣고 가서 했어요. 진짜 내가 했지만 쫌 잘했어요. 상대편은 뭐 그저 그랬어요. 정말이에요. 소리도 작고 성의도 없어 보였어요. 걘 딱히 전교 회장 되고 싶지 않은데 나왔다고 했잖아요. 후보가 연설하고 나서 가장 친한 친구가 찬조 연설을 하기로 했거든요. 찬조 연설은 걔가 먼저 했어요. 걔 친구가 나와서 모범생을 찍어야 한다, 대략 그런 말을 했어요. 상대에 대한 비방은 오히려 역효과가 올 수 있어서 그런지 안 하더라고요. 나도 멸치한테 상대편 까는 얘기는 하지 말라고 했죠.

아무튼 멸치가 마이크 앞으로 갔어요. 헛기침을 몇 번이나 하더라고요. 자기가 후보도 아닌데 왜 그렇게 떠는지. 원. 하여튼 애가 좀 덜떨어졌다고 생각하며 표정 관리를 하며 앉아 있었죠. 가끔 카메라가 후보자들을 비추거든요. 걔가 하는 연설도 논술 샘한테 돈 주고 받아 온 거거든요. 네에. 아까 두 장이라고 했잖아요. 아무튼 그렇게 몇 번 읽어서 거의 외우다시피 한 찬조 연설문을 펼치더라구요. 그러더니 말을 안 하고 가만히 있어요. 나는 어리둥절 멸치를 바라봤죠. 순간 눈이 마주쳤는데 뭐랄까 무장 독립 투쟁을 결심한 투사의 눈이라고나 할까요? 그런 결연한 눈으로 나를 보는 거예요. 뭐지 저 눈은? 하고 생각하며 살짝 웃어 줬는데 그 순간 멸치가 연설문을 찢더라구요. 네. 반으로 사분의 일로 팔분의 일로 십이분의 일로, 네? 십육 분의 일이라고요? 아휴, 그게 지금 할 소리예요? 하, 저건 또 뭔 퍼포먼스인가 하고 있는데 멸치가 원고 없이 말하겠대요. 그러더니 뭐라고 한 줄 아세요? 한 번 맞춰 보세요. 아, 그냥 주관식으로 맞춰 보시라니까요. 네? 아휴, 상상력하고는. 아니죠, 그럼. 네? 땡! 걍 내가 말하는 게 낫겠네요. 멸치가요 딱 한마디. 이렇게 말하더라고요. 아무리 세상이 썩어 빠졌어도 깡패가 전교 회장 돼서 지도자 전형으로 인서울 체대 가는 거, 자긴 결사반대라고요. 그 말 한마디만 하더니 그냥 방송실을 휙 나가더라고요. 와. 그 새끼. 멋지지 않아요? 존재

감 없는 멸치가 어떻게 그런 소릴, 와, 진짜 어떻게 그런 용기를 냈을까요? 나 진심 친구 먹을까 봐요. 전교 회장요? 당근 떨어졌 죠. 보복요? 내가요? 내가 그런 쓰레기 같은 인간인 줄 아세요? 섭섭합니다. 아, 뭐. 맞아요. 한 대 때렸죠. 강편치는 아니고요. 히히. 너 때문에 내가 개망신 당했잖아 하면서 화장실 뒤로 불러서 한 대 픽 쳤죠. 근데요 맞기 전에는 부들부들 떨더니 막상 맞으니까 피식 웃어요. 네에. 웃어요, 이렇게. 픽. 그러더니 이러는 거예요. 너 진짜 쓰레기구나. 씨익 웃으면서요. 아무리 친구라도 그건 아니라나요? 아휴, 근데 이상도 하죠. 그 말 듣자마자 힘이 쪽 빠지더라구요. 그래서 내가 물어는 봤죠. 야, 우리 엄마한테 돈도 받았으면서 그렇게 얘기하면 어떡하냐구요. 뭐라는 줄 아세요? 그 돈은 갚을 테니 기다리래요. 할머니하고 자기하고 둘이 산대요. 서해안 섬에 살다가 어찌어찌해서 할머니랑 올라오게 됐다네요. 지금은 돈이 없대요. 우리 엄마한테 받은 돈으로 라면 두 박스 하고 짜장면 한 박스하고 쌀독 가득 쌀 사서 넣어 놨대요. 할머니가 김치도 두 통 담가 놨구요. 자긴 이제 부자래요. 아, 참. 밀가루도 한 포대 사 놨다고 했구나. 그 돈은 나중에 자기가 돈 벌어서 꼭 갚겠다고 하더라고요. 그러면서 담 주에 자기 집에 놀러 오래요. 아, 나, 미친놈. 샘, 요즘도 누허가 비닐하우스에 사는 사람이 있다더라구요. 그것도 강남 한복판에. 깜놀이지 뭐예요. 가기로 했냐구요? 뭐, 걔네 할머니가 칼국수를 끝내 주게 끓인대요. 하도 사정을 하니까 이 형님이 가서 한 그릇 먹어 줘야 할까 봐요. 분식 나름 좋아해요. 겨울 방학에는 정동진에 놀러 가자네요. 브로맨스도 아니고 나 참. 크크크. 돈 없다고 기차표 나보고 자기 것까지 다 끊으래요. 어이가 없네. 방금 말한 거 유아인 성대모사한 건데 비슷하죠? 아, 네.

아, 샘. 오늘은 공부가 하고 싶네요. 진도 나가요. 저도 열심히 하면 잘할 수 있겠죠? 인서울 할 수 있을까요? 없어요? 아, 정말 1%의 가능성도 없어요? 흠. 그래도 뭐 지금보다는 나아지지 않을까요? 샘. 진짜 너무하는 거 아니에요? 아무리 그래도 그렇게 매몰차게 진실을 얘기하다니요, 흥.

몇 페이지 할 차례죠? 네? 그게 무슨······. 친구요? 누구 말이에요? 정후요? 에이, 걔가 무슨 친구예요? 그냥 뭐. 한 반에 다니는 그렇고 그런 사이죠. 헤헤, 뭐 그렇다고 해 두죠. 네, 친구 맞아요. 그런데 정후와 내가 친구인 거랑 샘이랑 무슨 관계가 있는데요? 네? 그만두신다고요? 과외를요, 왜요? 페이가 맘에 안 드세요? 엄마한테 조정해 달라고 할게요. 네에? 헐. 가만. 샘이 과외 샘이 아니라고요? 그럼 뭐 하러······ 그동안 일주일에 두 번씩이나 꼬박꼬박? 심리 치료요? 청소년자살방지클리닉이라뇨? 자살 충동이 강한 조울증, 양극성장애, 제가요? 리얼리?

저수지 괴물

잠든 괴물 같은 검푸른 저수지가 숨죽인 채 웅크려 있다. 바싹 야윈 달이 구름에 반쯤 숨은 채 저수지를 훔쳐본다. 산에서 내려온 멧돼지는 새끼 세 마리를 포함해 모두 다섯 마리. 아파트 뒤편 산에서 저수지로 연결되는 개울을 떼 지어 내려간다. 제의를 치르듯 엄숙하다.

멧돼지 가족을 본 중년 부부가 119에 신고한 것은 밤 열 시가 훌쩍 넘은 시간. 낮에 내린 비로 제법 쌀쌀해진 날씨 때문에 산책하는 이도 거의 없고 가로등만 창백하게 길을 비추고 있을 때였다. 개천은 산책로보다 3~4미터쯤 낮고 풀과 작은 나무들이 우거져 있는 데다가 희끗희끗한 빛깔의 자연석으로 조경이 되어 있어 자세히 보지 않으면 무엇이 있는지 구별되지 않는다. 그러니까 중년 부부가 멧돼지 가족을 발견하고 신고를 한 것은 순전히 우연이다. 마침 그때 부부 동반 모임을 마치고 집으로 가던 부인이 개천을 내려다보지 않았다면, 내려다봤더라도 그렇게 자세히 들여다보지 않았더라면 멧돼지들의 존재를 발견할 수 없었을 것이다. 난간을 붙잡고 개천을 내려다보는 중년 부부 근처로 궁금증을 이기지 못한 사람 몇이 다가와 함께 개천을 내려다본다.

"저 아래 뭐가 있어요?"

"멧돼지요. 저기, 저기 움직이잖아요. 자세히 보세요."

중년 남자는 마치 자신의 애완동물이라도 된다는 듯 친밀하게 멧돼지들을 가리킨다. 상당히 먼 거리 덕분에 멧돼지들은 누구에게도 위협이 되지 못한다.

"어?"

사람들은 모두 놀란다. 아파트 바로 뒤에 있는 국립공원 산 안에 멧돼지들이 살고 있다는 소문은 많지만 아파트 한복판까지 내려온 적은 없었다. 곧이어 경찰차와 구급차가 도착한다. 신고를 받고 출동은 했으나 구급 대원도 경찰도 어떻게 할 도리가 없다며 주민과 함께 난간을 붙잡고 멧돼지를 내려다보기만 한다.

"건드리지 않으면 다시 산으로 올라갈 겁니다. 너무 걱정하지 말고 들어가 주무세요."

경찰이 몇 번이나 권하지만 주민들은 움직이지 않는다.

"만약에 멧돼지들이 여러분한테 피해를 주거나 난동을 피우면 전문 포획자를 불러 사살하겠습니다."

"아휴, 맙소사."

"죄 없는 것들을 죽이다니."

주민들은 그런 끔찍한 짓을 하면 안 된다고 한목소리를 낸다.

야생 동물을 보호해야 한다는 정도의 교양은 뇌 한쪽에 장착하고 사는 계층의 사람들이다. 개울을 내려다보고 있는 주민들을 보고 경찰은 다시 한 번 완곡하게 해산하라고 한다. 그러나 사람들은 오히려 몇 발자국 멧돼지들을 따라간다. 멧돼지의 모습은 보였다 안 보였다 한다. 자기들을 지켜보는 인간의 시선 따위 아랑곳하지 않고 여전히 느릿느릿, 가고 싶지 않지만 마지못해 끌려가는 제물처럼 풀이 죽어 개울을 따라 내려간다.

"멧돼지가 먹을 게 없어서 내려오는 거예요. 산에 있는 열매를 사람들이 다 따 가 버려서. 아휴, 가여워라."

한 여자가 분통을 터트리자 다른 사람도 맞장구를 친다.

"멧돼지 좀 내려온다고 이상할 것도 없지. 작년 가을인가 올봄엔가? 저 아래 개천에서 엄청 커다란 알인지 애드벌룬인지 발견됐을 때가 대박이었지."

한 남자가 이야기를 시작한다.

"개천에 운동하러 나온 사람들이 엄청나게 큰 공을 발견하고 다가갔어요. 아휴, 타원형이었는데 정말 컸어요. 큰 방만 했지. 동물의 알은 아닌 것 같았죠. 그렇게 큰 알을 낳을 만한 동물이 세상천지 어디 있겠어요? 공룡도 아마 그런 알은 낳지 않았을 거야. 그 공은 딱딱해 보이는 게 아니라 말랑말랑해 보였어요."

"그래서요?"

"한참 웅성거리고 있는데 누군가 등산 스틱을 들어 장난으로 푹 찔렀어요."

"그랬더니요?"

"아, 그러자 빠직하고 힘없이 깨져 버리지 뭐예요. 종잇장처럼 얇은 그 공 속에 마알간 물만 가득 들어차 있었던가 봐요. 콸콸 쏟아져 나오더라고, 분홍색 물이. 약간 비릿한 바다 냄새가 난 것 같기도 하고 아닌 것 같기도 하고. 아무튼 역겨운 냄새는 안 났어요. 그냥 엄청난 물이 흘러내렸지."

"하하, 그때도 제가 출동했잖습니까?"

사람들이 돌아가면 경찰서로 철수하려고 기다리고 있던 경찰이 반색을 하며 아는 척을 한다.

"사람들이 이상한 게 발견됐다고 신고가 들어와서 급히 출동했죠. 폭발물일지도 모르니까요. 와 보니까 얇은 껍데기 같은 것만 있고 공도 알도 없고 사람들도 이미 상당수는 흩어졌더라고요. 사각거리는 껍데기는 주워서 꼭꼭 뭉쳐 쓰레기봉투에 넣었죠. 알껍데기 같다기보다는 얇은 종잇조각 같았는데 그 양이 상당했어요. 100리터짜리 쓰레기봉투 다섯 갠가 여섯 개에 가득 찼지, 아마? 일부는 흘러내려 갔다는데도 그랬으니까 아무튼 크긴 컸나 봐요."

산세가 뛰어난 국립공원 밑자락을 파헤쳐 아파트 단지를 지을 때, 많은 시민이 반대했다. 생태계를 파괴하는 것은 물론이고 국립공원을 마치 사유 재산처럼 이용하는 특권을 누리는 것도 말이 안 되는 일이었다. 최고급 자재를 사용해 분양가를 높여 결과적으로 전국 아파트 가격 상승의 견인차 역할을 할 것이 예상되기도 했다. 우려와 반대에도 불구하고 아파트를 건설한 뒤 주민들을 입주시킨 지 2년도 안 됐다. 아파트 단지 뒤로 후광처럼 펼쳐진 우람한 산봉우리들은 바위가 많은 골산이라 한여름에도 눈을 이고 있는 듯 희고 아름다웠다. 멧돼지들은 아마 그 산 어딘가에서 살고 있는 모양이다.

한참을 머물던 경찰차와 119 차량이 떠나고 난 뒤 흥미를 잃어버린 사람들도 하나둘 흩어졌다. 본격적인 가을도 되지 않았는데 비가 온 뒤라 그런지 무척 쌀쌀하고 더구나 어두웠다. 사람들이 모두 돌아가고 난 뒤에도 멧돼지들은 자석에 이끌리듯 개천을 따라 내려가 저수지 근처에 다다른다. 저수지 초입은 하얀 갈대 천지고 그보다 더 왼편은 연밭이다. 여름이면 흰색에 가까운 엷은 분홍빛 연꽃이 초록 잎 사이로 탐스럽게 피어오르지만 지금은 모두 지고 잎만 펼쳐져 있다. 연밭이 있는 쪽 저수지 위에는 국립공원 산봉우리들에서 이어졌지만 아파트 공사로 원래의 산줄기와 단절돼 외따로 떨어진 작은 산등성이가 있다. 그 산등성이의 저수지 쪽 면은 온통 바위다. 바위 꼭대기에서부터 아래 저수지 쪽으로 힘차게 떨어지는 폭포는 아파트 조경 공사의 하나로 만든 인공 폭포다. 거대하다고 할 정도는 아니지만 제법 콸콸 쏟아지는 물줄기가 장관이다. 지금도 물이 흘러내려 저수지로 내려가고 있을 테지만 보이지는 않고 소리만 들린다. 다른 곳에 비해 그곳은 더 어두침침하다. 그나마 희미한 빛을 비추는 달도 구름에 숨었다 나왔다 하고 그럴 때마다 어두웠다, 더 어두웠다를 반복한다.

달이 삐죽 얼굴을 내밀 때 도착한 멧돼지들은 한동안 머뭇거리듯 저수지로 들어가지 못하고 입구를 서성인다.

이곳은 원래 삼한 시대에 조성되었다고 알려진, 꽤 크고 오래된 저수지가 있던 곳이다. 아파트를 지을 때 오래된 저수지를 새롭게 단장했다. 풍수지리에 문외한인 사람도 들어본 적이 있는 배산임수 지형이 바로 이곳이다. 뒤편의 산봉우리들과 그 아래의 넓은 평야 중간에 이 저수지가 있었다. 물론 지금은 너른 들판 대신 아파트와 빌딩이 끝없이 펼쳐져 있지만.

계곡에서 내려오는 물줄기가 실개천을 이루고 있고 산에서 1km쯤 떨어진 곳에 모여 큰 저수지를 형성했다. 저수지를 꽉 채우고 넘치는 물이 개천을 따라 내려간다. 개천은 아파트 단지 한가운데를 관통해 먼 강으로 흘러간다.

꾸꿰억!

저수지에 도착한 어미 멧돼지가 갑자기 흥분한 듯 갈대를 지나 저수지 담 위를 전속력으로 달리기 시작한다. 맨 앞 멧돼지가 뛰기 시작하자 어린 것들은 장난인 줄 알았는지 고개를 이쪽저쪽으로 돌리고 연신 킁킁거리며 따라 뛴다.

꾸엑!

그때. 맨 앞에서 불안하게 뛰던 멧돼지가 순식간에 저수지 속으로 떨어진다. 멧돼지는 저수지를 향해 다이빙을 하듯 뛰어든다. 연달아 다른 멧돼지들도 저수지 속으로 빨려 들어간다. 그러고는 아무 소리도 나지 않는다. 이 모든 일이 몇 분도 걸리지 않은 순간에 일어난 일이다.

잠시 뒤, 저수지의 물결은 원래대로 잔잔해졌고 겁에 질린 파리한 달도 먹구름 속으로 숨었다. 괴물 같은 저수지는 언제 그런 일이 있었느냐는 듯 시치미를 뗐으며 저수지 주변을 지나가는 사람은 한 사람도 없다.

아무도 그 광경을 본 사람은 없다.


아무도 그 광경을 본 사람이 없었던 것은 아니다. 저수지 바로 앞에 있는 아파트 4층에서 한 소년이 모든 것을 지켜보았다. 어깨 아래까지 자란 긴 머리와 섬세한 얼굴은 곱고 부드러워 자칫 성별을 구별할 수 없을 지경이다. 여자라기에는 큰 키와 거뭇거뭇한 콧수염이 겨우 남자라는 것을 짐작케 할 뿐. 지나치게 하얀 피부와 오뚝한 코는 제법 아름다우나 표정은 어둡다.

소년의 이름은 이현. 학교에 다녔다면 이제 고등학교 2학년일 테지만 소년은 3년 전 학교를 그만뒀고 그 뒤로 이 집에서 한 발자국도 나가지 않았다. 집에 가족이 있을 때에는 방 밖으로도 나가지 않는다. 모두 집을 비웠을 때에만 바로 옆에 붙어 있는 욕실을 이용할 뿐. 그 외의 공간은 들어가지 않는다. 그동안 누군가 이현의 방에 들어온 적도 없다. 엄마도 이현의 방에는 들어갈 수 없다. 투신할 것을 우려한 그의 부모는 소년의 방 밖 베란다 위로 창살을 설치했을 뿐 아들을 자극할까 두려워 그 외의 어떤 일도 할 수 없었다.

이현이 책상 의자에 앉아 창밖을 멍하니 보고 있을 때. 첫 번째 멧돼지가 저수지에 도착한다. 그러다가 물속으로 곤두박질하는 멧돼지를 본 이현은 벌떡 일어난다. 얼른 침대 위에 있던 안경을 쓰고 저수지를 내려다본다. 연달아 저수지로 빠지는 멧돼지를 볼 때마다 소년은 몸을 떤다. 더 이상 저수지에서는 아무 일도 일어나지 않지만 소년은 밤이 새도록 검푸른 물만 내려다본다. 분명 무슨 일이 벌어질 것이라는 예상과 달리 저수지는 밤새 잠잠했고 새벽이 되자 안개가 심하게 끼어 더욱 기괴하게 보인다.

'무슨 동물일까?'

이현은 언젠가 과학 다큐에서 봤던 실러캔스를 떠올린다. 실러캔스는 수천만 년 전인 백악기 때 사라진 것으로 알려졌던 유악류이다. 그러나 자신들의 눈에 안 띄면 멸종된 것이라고 단정해 버리는 인간들을 조롱하듯 20세기 중반 남아프리카 칼룸나강 앞바다에서 유유히 헤엄치는 모습이 발견되었다. 다리처럼 생긴 앞지느러미와 폐처럼 사용할 수 있는 부레로 육상에 올라왔지만 양

서류로 진화한 다른 물고기들과는 달리 다시 깊은 바다로 돌아갔을 것으로 추정된다. 그런 생물이 실러캔스만은 아닐 것이라고 이현은 생각한다. 다만 인간이 존재를 모르고 있을 뿐.

아침이 되자 밖에서 부산한 소리가 들린다. 부모님은 출근하고 이슬이 학교를 가려는 것 같다.

〈오빠 학교 갔다 올게〉

유일하게 소식을 전하는 동생의 카톡. 이현은 답장을 할까 말까 망설인다. 지금껏 이현이 동생의 카톡에 답장한 적은 한 번도 없다. 그래도 동생은 지치지 않고 매일 카톡을 보낸다. 문자를 보내지 않고 카톡을 보내는 것은 수신 여부를 확인하기 위해서일 것이다.

〈저수지에 괴물이 있다〉

이현은 이렇게 썼다가 황급히 지운다. 동생이 자신의 카톡을 보고 어떻게 생각할지 확신이 들지 않는다. 집 안에 아무도 없는 시간이 되자 이현은 문을 연다. 방문 앞에 빵과 우유가 놓여 있다. 아무도 없는 시간에도 잘 나가지 않고 밥도 잘 먹지 않자 얼마 전부터 엄마는 빵과 우유를 놓아두고 있다. 전혀 먹고 싶은 생각이 없어 일단 그대로 둔다.

몇 시간을 이현은 고민한다. 동생이 괴물에게 잡혀 가는 모습이 머릿속에서 떠나지 않아 점점 더 공포에 사로잡힌다. 나중에는 동생이 이미 잡혀 갔을지도 모른다는 생각까지 들어 극도로 불안해진다. 이현은 결국 죽을 만큼 용기를 내 이솔의 수업이 끝날 때쯤 카톡을 쓴다.

〈저수지에 괴물이 살고 있어〉

수백 번 썼다 지웠다를 반복하던 이현은 망설이고 망설이다 결국 심장이 터질 것 같은 극도의 흥분 상태에서 전송 버튼을 누른다. 그런 뒤 핸드폰이 폭발물이라도 되는 듯 침대에 던져 놓고 그쪽은 바라보지도 않고 방 안을 왔다 갔다 한다. 수없이 물어뜯어 악성 피부병 환자의 환부처럼 변한 엄지손톱을 자신도 모르게 확 물어뜯자 피가 나며 몹시 쓰라리다. 극심한 틱이 와 고개도 쉴 새 없이 탁탁 꺾는다. 몇 초가 마치 영원처럼 길다.

이솔은 좀체 답장을 보내오지 않아 이현의 마음 가득 후회가 밀려온다. 취소를 할 수 없다는 것이 이현을 더욱 불안하고 비참하게 만든다. 방 안을 더 빠르게 왔다 갔다 한다.

침대에 벌렁 누웠다가 일어나 책상 앞에 앉는다. 다시 일어나 창으로 가서 원망하듯 저수지를 보고 얼른 창에서 떨어진다. 햇빛을 받은 저수지는 이현을 놀리듯 반짝반짝 빛난다. 이현은 아무 것도 먹지 못한 채 안절부절 못한다.

극도로 불안해진 이현이 침대에 시체처럼 늘어졌을 때, 이솔에게서 답장이 온다.

〈오빠 학교에서 핸폰 꺼 놔서 카톡 이제야 봤어. 무슨 괴물? 나 지금 저수지 앞인데〉

이현은 벌떡 일어나 창가로 달려간다. 멀리 저수지 입구로 걸어오는 동생의 모습. 그 순간 이현은 저수지가 스르륵 움직여 동생을 삼키는 착각에 소름이 끼친다.

"이, 이솔아."

새소리 같은 괴상한 소리가 나자 이현은 깜짝 놀라 기다란 자기 손으로 입을 막는다. 그때 이솔이 이현의 외침을 듣기라도 한 것처럼 핸드폰을 보느라 숙이고 있던 고개를 들어 아파트 쪽을 본다. 그쪽에서는 빛 때문에 이현의 모습이 보이지 않을 것이다. 그런데도 이현은 반사적으로 커튼 뒤로 숨는다.

〈저수지는 위험해 얼른 뛰어와〉

이렇게 썼다가 이현은 다시 지운다. 너무 익숙하지 않은 행동이라 자신이 감당할 수 있을지 의심스럽다. 그러나 괴물에 대한 두려움을 떨쳐 버릴 수도 없다. 지금이라도 당장 시키면 괴물이 뛰어 나와 동생의 몸을 휘감고 물속으로 들어갈 것만 같아 온몸이 떨린다. 대낮이라 이솔의 주변으로 사람들이 많이 걸어 다니고 있지만 괴물에게 얼마만큼 자제력이 있을지 의문이다. 저수지 괴물은 야행성이며 비교적 얌전한 성격인 것 같다고 추측되지만 상황에 따라 충분히 광포해질 수 있으며 그것이 어떤 경우인지 예측 불가능하다는 사실이 두렵다. 그 괴물은 왠지 이현 자신과 무관하지 않을 것 같은 불길한 예감도 든다. 불길한 예감은 언제나 그의 심장 한가운데를 강타하지 않았던가.

그때 동생이 이현의 방 쪽을 향해 불쑥 손을 흔든다. 이현은 커튼에서 조금 비켜서 동생을 내려다본다. 동생은 눈물만큼 작다. 이현이 자기 방에 스스로를 유폐한 3년 전, 매일 한밤중에 이현의 방문 앞에 와서 손잡이를 돌려 보다 숨죽여 흐느끼던 이솔. 그때 자신이 얼마나 문을 열고 나가고 싶었는지 그 애는 짐작도 못할 것이다. 엄마 아빠보다 더 오래도록 혈육의 끈을 놓지 않고 있는 아이.

6학년이 된 뒤로 이솔은 학업에 열중하고 있는 모양이다. 하긴 이현의 몫까지 열심히 하려고 결심했는지도 모른다. 이현은 동생에게 말하는 대신 증거를 남겨야겠다고 생각한다.

저수지에 살고 있는 괴물의 먹이 사냥이 한 번으로 그치지는 않을 것이다. 언젠가 반드시 움직인다. 그것이 언제일지는 불확실하지만 그때까지 끈질기게 기다릴 것이다. 이현은 낮에는 많은 사람이 있으니까 자신은 밤의 파수꾼이 되어야겠다고 생각한다.

한 달 뒤 문제의 동영상을 찍을 때까지 이현은 밤에 한숨도 자지 않고 저수지를 내려다본다. 자신은 저수지 괴물의 실체를 이 세상에 알리기 위해 태어난 존재인 것 같은 사명감마저 든다. 이현의 섬세한 이목구비에서 권태가 사라지고 빛이 나기 시작한다. 이현은 자칫 방문을 열고 밖으로 나갈 수도 있을 것 같은 자신감마저 든다.

'나는 괴물이 아니야.'

저수지를 바라보며 이현은 하루에도 몇 번씩 소리 없이 절규한다.

이현이 인터넷 1인 방송 '나비의 꿈'에 올린 동영상은 사흘 만에 실시간 검색어 1위에 오른다. 중학생쯤으로 보이는 여자애가 비 오는 날 밤에 어떤 저수지 담에 서서 물을 내려다보고 있다가 무언가에 휘감겨 물속으로 끌려 들어가는 동영상이다. 그냥 볼 때는 알아볼 수 없지만 느리게 돌려 보면 무언가 가는 줄이 나와 소녀를 끌고 가는 것을 확인할 수 있다. 화면이 선명하지는 않지만 식별은 가능하다. 동영상의 마지막 장면에는 그 애의 노란 우산만이 검은 물 위에 떠다니고 있다. 저수지 괴물이라는 이름까지 붙어 수십만 명이 클릭을 한다. 처음에는 조작인 것 같다는 댓글이 주류를 이룬다.

〈낚였네〉

〈이런 동영상 많이 볼 수 있는 사이트 알려 드립니다. 다음으로 들어가 보세요〉

〈영화감독 지망생이냐〉

〈정신 나간 놈아 이런 거 만들 시간에 공부나 해〉

〈만약 이게 사실이라면 이 여자애를 왜 아무도 안 찾겠냐〉

동영상이 올라온 지 며칠 지나지 않아 한 영화감독이 자신의 SNS에 의견을 남긴다. 자신이 철저히 살펴봤지만 조작한 부분을 찾을 수 없다는 것이다. 그는 관객 수 천만이 넘는 판타지 영화를 만든 CG 전문 감독이다. 그 뒤를 이어 점차 사실인 것 같다는 의견과 전문가의 분석이 함께 올라온다. 그러자 그곳이 어디라는 제보가 잇따르기 시작하고 결국 이현의 집 앞 저수지라는 의견으로 좁혀진다. 이 아파트 단지에 사는 사람들이 사진을 앞다퉈 올렸고 두 곳이 같다는 것은 누가 봐도 확실하다. 그리고 한 여자아이가 댓글을 단다. 저수지에 빠진 소녀가 자신의 친구일지도 모른다는.

〈학교에 안 나온 지 한 달 넘은 내 친구 같아요. 걘 엄마 아빠한테 늘 많이 맞는다고 했어요. 온몸에 멍이 많이 들어 있었어요. 한 달 전에 도와 달라고 왔었는데 도와주지 못했어요. 그냥 그 애의 집 근처까지 바래다줬어요. 그 뒤로 학교에 안 나와요. 어떡하면 좋아요? 정말 내 친구면 어떡해요?〉

여자아이의 말에 의하면 소녀는 바로 이현의 집 옆 동에 사는 학생이다. 가족이 찾지도 않는 사람을 찾을 여력도, 열정도 없었던 경찰은 물론 수사를 진행하지 않는다. 그러나 네티즌들은 수상한 저수지와 여자아이의 행방을 조사하라는 서명을 벌이기 시작하고 그 인원이 이십만 명이 넘어가자 경찰도 더 이상 팔짱 끼고 있을 수만은 없게 된다. 얼마 뒤 대통령 선거가 있을 예정이기 때문이다. 여자애의 아빠는 찾아온 경찰에게 딸이 가출했다고 심드렁하게 말한다.

"그런데 왜 안 찾습니까?"

"지 엄마 돈을 왕창 훔쳐서 나갔어요. 잘 지낼 거예요. 더 이상 걘 내 딸이 아닙니다. 창피해서 원."

유명 대학 교수인 그 애의 아빠는 문을 쾅 닫고 들어가 버린다.

IP를 추적한 경찰이 이현의 집을 방문했을 때 부모는 아들의 방문을 열지 못하게 완강히 막아선다. 3년간 자신들과도 얼굴을 마주치지 않는 아들. 강제로 문을 열었을 때 어떤 일이 벌어질지 알 수 없는 상황이다. 여동생이라도 만나고자 했지만 그것도 거절당하고 경찰들은 할 수 없이 철수하고 만다.

시간이 지날수록 국민들의 관심은 수그러들지 않고 더욱 불이 붙어 간다. 무능한 경찰에 대한 성토에 그치지 않고 나아가 정권에 대한 불신으로까지 이어지자 경찰은 저수지 괴물이 유언비어라는 것을 증명하는 방법은 저수지의 물을 푸는 수밖에 없다는 결론을 내린다.


저수지의 물을 푸는 날. 방송으로 예고했기 때문인지 모인 사람이 제법 많다. 펜스 곳곳에 쓰여 있는 안전이라는 글자는 상처만큼 붉다. 그 펜스를 따라 타원형 저수지 주변 가득, 구경하려는 사람들이 빙 둘러 서 있다. 개인이 실시간으로 방송을 올리기도 하고 정규 방송국에서 중계를 하기도 한다. 이현은 방 안을 쉴 새 없이 오가며 핸드폰으로 1인 방송 '나비의 꿈'을 본다.

'나비의 꿈' 운영자는 다리가 불편한 청년이다. 그가 저수지에 도착했을 때는 이미 사람이 너무 많이 모여 도떼기시장 같다. 저수지 근처에서 촬영하는 것이 여의치 않다고 판단한 그는 휠체어를 밀고 저수지 남쪽 끝에서 조금 더 떨어져 있는 복지관 건물로 간다. 그곳 5층 화장실 창을 통해 내려다보이는 저수지를 줌 인 기능을 이용해 찍기로 한다. 상당히 거리가 멀어져 있어 다른 방송보다 화질은 떨어지지만 대신 전체를 한눈에 볼 수 있다는 장점이 있다.

물을 푸기 위한 작업이 진행된다. 산 계곡으로부터 흘러내려 저수지로 들어오는 입구의 물을 차단하고 임시로 물길을 다른 곳으로 돌렸으며 인공 폭포의 가동도 중단했다. 다섯 대의 양수기로 저수지의 물을 퍼서 아래 개천으로 흘려보내는 바람에 갑자기 개천이 불어난다. 족히 3~4m는 높은 양편 산책로까지 물이 넘칠 정도로 콸콸 쏟아져 내려가기 시작한다. 사회 복무 요원들이 개천 여기저기 배치되고 저수지 부근은 수많은 구경꾼과 경찰로 붐빈다. 방송국 카메라맨들과 기자들이 분주하게 취재를 한다.

"이곳은 최근 핫이슈가 되고 있는 폭포동 저수지 앞입니다. 지금 경찰과 소방대원, 사회 복무 요원들이 시민들의 안전을 담당하고 있는 가운데 대형 양수기 다섯 대가 물을 푸기 시작했습니다. 저수지로 유입되는 물을 차단한 뒤 물을 푸고 있기 때문에 저수지는 곧 바닥을 드러낼 것으로 보이는데요. 과연 이 저수지에 괴 생명체가 살고 있을까요?"

생중계를 하는 아나운서는 머리에 헬멧을 쓰고 온몸을 가죽 옷으로 뒤덮고 있다. 정말 위험해서라기보다는 방송의 긴장감을 위해서인 듯하다. 카메라가 비추지 않을 때 그녀의 표정은 소풍 나온 아이처럼 해맑다. 아나운서 주변에 있는 사람들이 방송에 나오려고 불쑥불쑥 얼굴을 들이밀고 손을 흔든다.

"주민들과 인터뷰를 해 보겠습니다. 이곳에 사시나요?"

인터뷰를 예상이라도 했는지 말쑥한 양복을 입고 나온 중년 남자다.

"네. 저 옆 107동에 삽니다."

"이곳 저수지에 괴물이 있다고 생각하시나요?"

"음. 설마 도시 한복판에 괴물이 살고 있겠어요?"

"아, 안 믿으시는군요."

"네. 이렇게 난리를 치는데도 얌전하게 있는 괴물이 어디 있겠어요? 누군가 장난치는 것 같아요."

두 세 사람이 더 인터뷰를 했지만 의견은 비슷하다. 그러는 동안에도 양수기는 묵묵히 저수지의 물을 푼다. 갈대가 없는 쪽에서 물을 퍼냈는데 키가 큰 갈대들은 조금씩 저수지를 향해 기울어지는 것처럼 보인다. 저수지의 물이 눈에 띄게 줄어들었을 때 이상한 소리가 난다.

크우르프

단 한 차례뿐이고 작은 소리여서 주변에 있던 몇몇 사람만 듣는다. 소리를 들은 몇 사람이 웅성거리지만 괴성은 더 이상 들려오지 않는다. 누군가 물을 퍼 올리는 굵은 호스와 저수지 벽이 부딪히면서 내는 소리였을 거라고 말하자 대부분 그 말에 수긍한다. 물을 퍼내는 양수기 기사들은 쉬지 않고 일한다. 카메라맨들이 저수지 바닥을 취재하느라 서로 좋은 자리를 잡으려 밀치고 잡아당기며 실랑이를 벌인다. 저수지의 수면은 급격히 낮아졌고 그때까지도 별다른 생명체나 물건은 보이지 않는다. 더구나 멧돼지라든가 여자아이의 사체는 전혀 보일 기미도 없다. 저수지는 그야말로 아무 것도 없다. 그 흔한 물고기 한 마리 보이지 않는다.

그때다. 한 카메라맨이 발을 헛디디면서 저수지 가에 있는 돌을 밟으며 휘청거린다.

"어어."

카메라맨은 들고 있던 카메라를 저수지에 빠뜨린다.

"아아."

사람들은 가벼운 비명을 지르며 저수지를 내려다본다. 카메라맨은 물속을 바라보며 화가 난 듯 펜스를 걷어차지만 카메라를 건지러 물로 들어가지는 않는다. 물이 많이 줄긴 했지만 흙탕물이 된 저수지 안에 무엇이 있을지 알 수 없으니까. 카메라가 떨어지는 순간에 무슨 일이 일어날 것 같아 사람들은 잔뜩 기대하지만 저수지에서는 아무런 반응도 없다.

"에이. 괴물은커녕 아무 것도 없나 보네."

"시간 낭비했네."

사람들은 실망했다는 표정을 노골적으로 나타낸다. 누가 이런 일로 세금을 낭비하는지 모르겠다고 투덜거리는 소리가 들리자 발길을 돌리는 사람도 생긴다.

"많은 물을 퍼냈지만 괴물은 아직 보이지 않습니다. 전국에 계신 시청자 여러분. 그러나 아직 실망할 때는 아닙니다. 저희 방송, 끝까지 지켜봐 주실 거죠?"

생방송을 진행하던 방송국 아나운서가 쾌활한 목소리로 이렇게 외쳤지만 힘이 빠진 것 같다. 양수기도 세 대는 멈췄고 두 대만 남은 물을 퍼내고 있다.

사건이 단순한 해프닝으로 마무리 되려는 순간. 카메라맨 뒤에 있던 PD가 급히 아나운서에게 사인을 보낸다. 아나운서는 자신의 핸드폰을 열어 보더니 알아들었다는 듯 고개를 끄덕인다. 그런 뒤 호수를 비추고 있던 카메라가 방향을 돌려 자신의 얼굴을 잡자 말을 잇는다.

"이번에는 지나가는 초등학생을 한 명 만나 보겠습니다."

카메라는 이솔의 어리둥절한 얼굴을 클로즈업한다. 이솔이 아나운서를 피해 지나가려고 하자 바로 옆에 있던 두 사람이 은근히 못 나가게 진로를 방해한다.

"이 아파트에 살고 있나요?"

"……"

이솔은 대답 대신 큰 눈을 껌뻑이며 고개를 끄덕인다.

"대부분의 사람들이 괴물이 등장하는 동영상은 사기라고 하는데요. 학생은 저수지에 괴물이 살고 있다고 생각하나요?"

"……네."

머뭇거리던 이솔이 작게 대답한다.

"무슨 근거로 괴물이 살고 있다고 생각하죠? 누군가 교묘하게 영상을 조작한 거라고 모두들 생각하는데요."

"아니에요. 그건……. 그냥. 동영상은…… 사실이에, 아니 사실…… 같아요."

그때 다시 한 번 문자가 오자 아나운서는 자신의 핸드폰을 들여다보고 고개를 들어 PD의 얼굴을 바라본다. PD가 고개를 크게 끄덕이며 신호를 보낸다.

"흠, 학생의 오빠가 저수지 동영상을 올린 장본인이죠? 오빠는 왜 방에서 나오지 않는 건가요?"

"아……."

이솔은 눈을 동그랗게 뜬 채 아나운서 얼굴을 보더니 당황한 듯 아무 말도 하지 못한다. 그런 말을 물어볼 것이라고는 짐작도 못한 표정이다.

"오빠가 폭력 때문에 은둔형 외톨이가 되었다고 하던데요? 구체적으로 누구에게 어떤 폭력을 당했는지 학생은 알고 있죠? 알고 있는 대로……."

겁에 질린 이솔이 얼굴을 일그러뜨린 채 아나운서 곁을 벗어나
려고 할 때 아나운서가 와락 팔을 움켜잡는다.

"아, 학생. 그냥 인터뷰만 하는 거예요. 아, 잠깐만요."

주변에 있던 방송국 직원들은 이솔이 나가지 못하도록 눈에 띄
지 않게 사방에서 막아선다. 이솔은 빠져나가려고 필사적으로 몸
부림친다. 얼굴이 하얗게 질린 이솔의 눈에서 눈물방울이 툭, 툭,
툭 떨어진다. 카메라는 집요하게 그 모든 것을 찍어 대고 있다.

"학생. 학생. 이솔 양."

급기야 아나운서는 이름까지 부르며 이솔의 팔을 잡아당긴다.
이솔은 아나운서의 손을 있는 힘껏 뿌리치다가 누군가에 부딪히
고 튕겨 나가 비틀거린다.

"어."

그 순간, 이솔의 몸이 균형을 잃고 쓰러지며 펜스에 부딪힌다.
견고해 보이던 펜스는 이솔의 몸을 지탱하지 못하고 힘없이 부서
진다. 이솔과 펜스는 함께 꽃잎처럼 저수지로 떨어진다. 당황한
사람들이 잡으려 하지만 이솔은 미끄럼을 타듯 저수지의 남은 물
속으로 풍덩 빠져 버린다. 느닷없이 벌어진 일이다.

"아아."

사람들은 차마 들여다보지 못할 정도로 두려워하지만 저수지
는 잠잠하다. 뭔가 끔찍한 일이 벌어지기 직전의 고요를 사람들

은 온몸으로 감지한다. 얼음이 된 듯 아무도 움직이지 못한다. 잠시 후, 펜스가 저수지 위로 떠오르며 안전이라는 붉은 글씨가 선명하다.

그때. 머리부터 발끝까지 검은색으로 둘러싼 한 남자가 저수지로 달려온다. 모자를 깊숙이 눌러 쓰고 마스크를 했으며 긴 코트를 입고 있다. 그 소년은 바로 이현. 강제로 인터뷰하는 장면은 흐릿했다. 하지만 핸드폰 화면을 보는 순간 이솔이라는 것을 단박에 알아본 이현은 문을 박차고 그대로 뛰쳐나왔다. 저수지 둑에 도착한 이현은 조금도 주저하지 않고 이솔이 사라진 저수지 속으로 몸을 날린다.

"아아."

갑자기 나타나 물속으로 뛰어든 남자 때문에 사람들은 놀라 조금 흩어졌다가 더 가까이 모여 일제히 저수지를 내려다봤다. 아무 소리도 나지 않고 두 사람의 모습도 보이지 않았다. 사람들은 더욱 조용해졌다. 나머지 양수기 두 대도 작업을 중단하고 안에 탄 기사들은 무슨 일인가 고개를 빼고 밖을 내다봤다. 긴장한 사람들의 침 삼키는 소리까지 들릴 정도로 사방은 조용했다.

크우르프프프파

다시 한 번 또렷하고 비현실적인 신음이 저수지로부터 들려왔다. 아까보다 훨씬 소름끼치는 음산한 소리였고 이번에는 저수지에 모여 있던 모든 사람이 들을 수 있을 만큼 컸다. 철수하려던 방송국 사람들도 다시 긴장하기 시작했다. 소방대원 세 사람이 허리에 로프를 묶은 채 저수지로 들어갈 준비를 마쳤다. 소방대원들의 얼굴에 나타난 공포가 고스란히 구경꾼들에게로 전달됐다. 예민한 사람들은 진즉에 땅이 흔들리고 있는 것을 느끼고 있었다. 소방대원 세 명 중 한 사람이 한 발을 내딛다가 미끄러졌다. 물이끼 때문에 저수지 벽이 미끄러웠다. 밖에 있던 사람들이 소방대원의 로프를 잡아 당겼다.

그때쯤에는 둔감한 사람도 저수지 주위 땅이 흔들린다는 것을 똑똑히 알 수 있었다.

"위험해!"

누군가 외치자 그때서야 사람들은 사방으로 흩어지기 시작했다. 그러나 괴물의 모습은 보이지 않고 저수지의 물도 상당히 줄었기 때문에 설사 괴물이 숨어 있다 하더라도 그리 크지 않을 것이라 짐작했다. 괴물의 실체를 보지도 못한 채 도망친다는 사실이 경솔하게 느껴지기도 했다.

크르르르파파파

그러나 잠시 뒤부터 땅은 더욱 심하게 흔들리고 괴성도 더 또렷해졌다. 저수지 속에서 괴물이 튀어나올지도 모른다는 우려와 기대 때문에 도망가면서도 사람들은 고개를 돌려 저수지 물속을 연신 힐끔거렸다.

"으으악."

인공 폭포 반대 편 저수지 담이 불쑥 솟아올랐다. 지진이 일어난 것 같았다. 사람들은 순식간에 솟아오른 땅덩어리 때문에 자빠지고 쓰러지고 미끄러지며 펜스 조각들과 함께 저수지 속으로 흙덩어리들처럼 떨어지기 시작했다.

"살려 줘!"

수십 명이 저수시로 떨어지며 한꺼번에 비명을 질렀다. 갑자기 왜 땅이 움직이는지 알지 못한 채 거꾸로 처박혔다. 방송국 앵커들과 카메라맨들은 장비를 버려둔 채 도망가기 바빴다. 맨 마지막까지 카메라를 놓지 않은 사람이 찍은 영상이 그대로 전국에 생중계되다 어느 순간 그마저 툭 정지하고 말았다. 저수지 둑 전체가 미친 듯이 꿈틀거리기 시작했다.

"괴물이다!"

저수지 주변 산책로의 우레탄 포장이 갈라지고 안에서 시커먼 비늘로 뒤덮인 껍질이 보였다. 인공 폭포 쪽에 있던 괴물의 머리도 서서히 움직였다.

크르르르파파프

수십 명을 한꺼번에 삼킬 수 있을 만큼 커다란 입을 벌리자 속에 빨갛고 긴 혀가 보였다. 괴물은 똬리를 틀고 있던 몸을 스스슥 움직였다. 저수지 물속에 괴물이 살고 있는 것이 아니었다. 저수지 자체가 괴물이었다. 둥글게 말고 있던 거대한 괴물의 실체를 눈으로 보고 있지만 무슨 의미인지 누구도 이해하지 못했다. 그때까지도 꼬리는 보이지 않아 도대체 얼마나 길고 큰 파충류인지 알 수 없었다. 파충류인지조차 알 수 없었다.

아무도 알지 못했다. 괴물이 한 마리인지 혹은 몇 마리가 뭉쳐 있는 것인지, 설마 이 세상이 온통 괴물들로 우글거리고 있는 것인지.

소음

천장이 미세하게 움직인다. 방 안 가득 습한 기운이 퍼져 나가는 것이 온몸의 살갗으로 느껴진다. 일어나야 된다고 생각하면서도 미유는 일어날 수가 없다. 어깨와 다리를 누군가 누르고 있는 것 같이 꼼짝할 수 없다. 몸을 뒤척이는 것도 불가능하다. 천장이 움직이며 틈이 생기는 것을 그저 바라볼 뿐이다. 천장이 양쪽으로 갈라지며 시커먼 속이 보이기 시작한다.

끼기기기긱

기분 나쁜 소음이 신경에 거슬린다. 소리를 지르려고 해도 나오지 않는다. 말라 버린 입만 쩍 벌리고 있다. 썩은 웅덩이에서 나는 것 같은 퀴퀴한 냄새가 천장에서 아래로 끼쳐 내려온다. 잠을 깨야 한다고 스스로에게 외친다. 그러나 몸을 움직일 수 없다.

그때 천장에서 무언가 튀어 나와 침대로 뻗어 내려온다. 거대하고 축축한 기둥. 젖은 나뭇잎과 이끼 덩어리들도 얼굴로 쏟아진다. 싸늘하고 미끈거리는 손이 내려와 미유의 얼굴을 만진다. 썩어가는 시체의 팔 같이 차갑고 딱딱하면서도 표면은 미끄러웠다. 역겹다. 다시 한 번 온몸에 소름이 끼친다.


"아악!"

비명을 지르며 미유는 벌떡 일어났다. 냄새도 손도 순식간에 사라졌다. 온몸이 축축했다. 이마의 땀을 손바닥으로 문질러 닦아 냈다.

"여기가 어디지?"

낯설고 머릿속이 복잡했다. 미유는 정신을 차리려 머리를 흔들었다. 자신이 어디에 누워 있는지 알 수가 없었다. 침대에서 내려와 방문 앞으로 가 불을 켰다. 그제야 낮에 혼자 이 집으로 이사 왔다는 것이 생각났다.

"더 찾아봐도 이 근처에서 이만한 집 구하기 힘들어. 언덕 꼭대기라 오르내리기 힘들어서 그렇지 공기 좋고 이웃 사람들도 다 소박하고. 비어 있으니까 아무 때라도 편할 때 이사하면 되고."

산 중턱에 있는 이 아파트를 보여 주면서 부동산 남자는 몇 번이나 계약을 권유했다. 언젠가 본 듯한 평범한 아파트였다. 사거리 부동산에서 이 집까지 가파른 언덕을 올라오는 동안 부동산 남자는 미유에 대해 아무 것도 묻지 않았다. 아직 고등학생이지만 사정상 혼자 살게 됐다는 말을 어떻게 하면 이상해 보이지 않게 할 수 있을까 내내 걱정하며 연습까지 했지만 미유의 기우였다. 집을 본지 일주일 만에 간단한 짐을 챙겨 이사했다.

"휴."

몇 시나 됐을까? 늦게 잠들었다 깼으니 새벽일 것이다. 미유는
카디건을 들고 방을 나왔다. 집 밖에 나가 바람을 쐬고 싶었다. 아
파트 현관문을 열었다. 엘리베이터가 5층에 멈춰 서 있었다. 버튼
을 누르고 기다리자 끼익 소리를 내며 내려왔다. 미유는 엘리베
이터를 타고 아파트 아래로 내려왔다. 아파트 현관문을 열자 차
가운 바람이 불었다. 산이 가까워서 그런지 나무 냄새와 흙냄새
가 났다.

5층짜리 나홀로 아파트는 말이 아파트지 연립이나 마찬가지
였다. 모두 열 가구가 사는데 지은 지 몇십 년은 돼 보였다. 처음
에는 이 아파트 외에도 몇 동이 더 있었을 것이다. 무슨 이유인지
알 수 없지만 현재는 104동 한 채만 남아 있는 상태였다. 처음 지
어졌을 때는 나름 고급 주택이었다고 부동산 사장이자 이 아파트
소유자인 깡마른 남자가 말했다. 당시에 5층짜리 아파트에 엘리
베이터가 있는 경우는 거의 없었다면서. 어차피 내년 3월에 대학
에 입학하면 기숙사로 갈 테니까 그때까지 몇 개월만 살면 되는
미유로서는 불만일 것도 없었다. 주변의 원룸보다 가격이 싸면서
공간이 배는 넓다는 점이 마음에 들었다. 방 하나는 침실로 하고
다른 방은 작업실로 이용할 생각이다. 작업실과 침실을 같이 사
용하는 것은 내키지 않았다. 자신이 그려 놓은 초상화를 자다가
일어나서 보게 된다면 분명히 께름칙할 것이다.

밖으로 나와 카디건을 여미며 뒤를 돌아 아파트를 봤다. 불이 켜진 집은 하나도 없었다. 새벽이니까 당연했다. 아파트 현관 앞 문 위에 동해 아파트라는 낡은 나무 간판이 붙어 있었다. 미유는 카디건 주머니에 손을 넣고 아파트 앞을 한 바퀴 돌았다. 확실히 낯익었다. 어디선가 나무 문이 바람에 흔들릴 때 내는 삐걱거리는 소리가 들려왔다. 오래된 문에서 나는 소리야 모두 비슷하지 않겠나 생각하면서도 언젠가 들었던 소리인 것 같은 느낌을 지울 수가 없었다.

'언제 와 본 적이 있는 아파트인가?'

아파트 뒤편은 산의 등산로와 연결되어 있었는데 몹시 컴컴했다. 무서운 생각이 들기도 했지만 미유는 그곳을 향해 걸어갔다. 무슨 일이 있으면 소리를 지르면 될 것이다. 그러면 집집마다 불이 켜질 것이고 위험도 물러갈 것이다. 막 모퉁이를 돌았을 때였다. 뭔가 검은 덩어리가 허공에서 미유를 향해 툭 떨어졌다.

"엄마야!"

고양이였다. 미유는 제자리에 주저앉을 만큼 놀랐다. 원래 고양이를 좋아하지 않지만 이런 상황에서 만나는 고양이는 더욱 별로였다.

"아휴, 깜짝이야."

미유가 한 발짝 물러나자 고양이는 훌쩍 등산로 쪽으로 달아났다. 마음이 찜찜해 더 이상 주변을 돌아보고 싶지 않았다. 방으로 돌아가려 미유는 엘리베이터 앞으로 갔다. 엘리베이터는 이제 3층에 서 있었다. 엘리베이터에 함께 탄 귀신 이야기가 유행하던 때가 떠올랐다. 그 이야기가 유행하던 것은 미유가 어릴 때였다. 엘리베이터를 함께 탄 낯익은 사람이 사실은 귀신이었다는 모골이 송연한 이야기. 한동안 엘리베이터를 혼자 타지 못해 계단을 이용하던 기억도 났다. 그러나 지금은 그럴 만큼 어리지 않았다.

"지금 시간에 누가 온 건가? 왜 엘리베이터가 3층에 서 있지?"

분명 3층에도 양쪽 집 모두 불이 꺼져 있었지만 대수롭지 않게 여겼다. 방으로 들어와 다시 침대에 누웠을 때였다.

쏴아아아

위층에서 물소리가 들렸다.

"새벽에 대체 누구야?"

바로 위층에서 나는 소리처럼 들리지만 방금 도착한 3층 사람이 샤워를 하는 것인지도 모르는 일이었다. 한여름이라 너무 더워 자다가 일어나 샤워를 하는 것도 아니고 한겨울 새벽에 웬 샤워인가 하는 생각이 들었다. 그러나 소음이 꼭 예상했던 곳에서 발생하는 것은 아니라는 말을 들은 기억이 났다. 층간 소음 때문에 살인까지 일어났는데 알고 보니 위층이 아니고 몇 층 위에서 나는 소리였다는 뉴스를 보며 살인을 한 사람과 살해된 사람은 무슨 인연일까 생각했던 기억이 났다. 3층이 아닐 수도 있으며 몇 층인지는 모르지만 새벽일 나가는 사람일지도 모른다는 데 생각

이 미쳤다. 아마 4시 가까이 될 테니 그리 이른 시간도 아닐 것이
다. 꽤 오래 물소리가 들리는 것으로 보아 꼼꼼한 사람인 모양이
라고 미유는 중얼거렸다.

'저 사람은 직업이 뭘까.'

오래오래 샤워를 하던 엄마 생각이 났다. 한동안 뒤척이던 미
유는 조금씩 잠에 빠져들었다.

똑똑

누군가 노크를 했지만 미유는 겨우 잠들었으므로 깨기 싫어 반
대편으로 돌아 베개에 귀를 파묻었다.

똑똑

미유는 뭐라고 중얼거리며 다시 문 쪽으로 돌아누웠다.

미유야

미유는 벌떡 일어났다. 이 집에 자기 혼자뿐이라는 사실이 생
각났기 때문이다.

"엄마?"

미유가 이렇게 물어보고 난 뒤부터 방문 밖에서는 아무런 소리
도 들려오지 않고 조용했다. 방문을 열고 밖을 보았지만 아무도
없었다. 엄마를 볼 기회를 스스로 놓친 것 같아 미유는 침대에서
무릎을 감싸 안고 고개를 묻은 채 그대로 있었다. 그 날 이후 늘
그랬던 것처럼. 미유는 중얼거렸다.

"엄마를 보고 싶은 건가. 나는?"

숨이 막힐 것 같던 엄마의 포옹이 생각났다. 죽을 만큼 사랑했
던 엄마.


미유는 정오가 되어서야 일어나 하루 종일 작업실에서 그림을
그리기 시작했다. 그림을 그릴 때는 시간이 어떻게 흘러가는지
알지 못했다. 한 시간 쯤 지났겠지 싶어 시계를 보면 일고여덟 시
간이 훌쩍 지나 있기도 했다. 그제야 허기가 져 식빵을 뜯어 커피
와 함께 먹었다.

엄마는 미대를 2학년까지 다니고 중단했다고 했다. 지금의 미
유보다 불과 한두 살 많았을 때 미유를 낳았다. 그 생각을 할 때
마다 미유는 왼쪽 가슴 밑이 따끔거려 하던 일을 멈추고 한참을
문질러야 진정이 됐다.

대학에 입학하기 전에 작품을 완성하고 싶었다. 수채화는 채색
단계에서 조심해야 한다. 무난하게 소묘를 완성하고도 채색 단계
에서 망치는 경우가 많았다. 캔버스 위의 인물이 모습을 드러내
고 있었다. 두 사람을 그리는 것은 쉬웠다. 조금 슬퍼 보이는 아
빠 얼굴이 마음에 걸렸지만 다시 그려야 할 만큼 엉망은 아니었
다. 사실 아빠 얼굴은 잘 기억이 나지 않으니 조작이 가능했다. 자
기 얼굴을 그리는 것도 어렵지 않았다. 문제는 엄마였다. 얼굴 윗
부분은 그런 대로 그려 나갔지만 입 부분은 손도 못 대고 있었다.
되도록 환하게 웃고 있는 입을 그리고 싶었다. 그러나 결국은 잘

되지 않을 것이라는 불안한 마음이 드는 것도 사실이었다.

저녁이 되자 위층에서 또 샤워하는 소리가 들렸다. 이제 퇴근한 모양이라고 생각했다. 낮 동안 아파트는 고요했다. 어느 집에서도 소리가 나지 않았다. 가끔 새들이 지저귀거나 바람 소리만 들릴 뿐 자동차 소리도 나지 않았다. 저녁이 되면 한 집 두 집 소리가 나기 시작했다. 어김없이 오늘도 물소리가 들려 미유는 저녁이 됐다는 사실을 알게 되었다. 얼마 뒤 샤워 소리가 그쳤다. 통통통통 아이가 뛰어다니는 소리도 났다.

"위층에 젊은 부부가 사나 보네."

본 적은 없지만 아이가 있는 모양이다. 저녁이면 아이가 좋아할 만한 음식 냄새가 풍겨 오기도 했다. 아이들이 좋아하는 반찬은 비슷할 것이다. 소시지 볶음이나 스파게티, 튀김, 볶음. 달콤하고 부드러운 냄새. 고소한 참기름 냄새. 미유가 유난히 좋아하던 음식들이었다. 엄마가 만들어 주던 빵과 쿠키 냄새. 갑자기 머릿속이 아득해져서 그림을 그만두고 저녁을 먹기로 했다. 식빵을 꺼내 토스터에 구운 뒤 계란 프라이를 끼워 블랙 커피와 함께 먹었다. 하루 한 끼, 허기로 쓰러지기 직전에야 미유는 먹을 것을 입에 넣었다. 식사라기보다는 죽지 않을 만큼의 영양 공급이라는 표현이 적절했다.

쿵

무언가 넘어지는 둔탁한 소리가 났다. 미유는 손에 들고 있던

빵을 놓고 의자에서 벌떡 일어났다. 왠지 물건이 아닌 생명체인 것 같은 느낌이 드는 소리였다. 강아지나 고양이 정도가 아니라 어른 정도의 몸무게를 가진 무언가가 무방비 상태로 넘어지는 소리 같았다. 전에도 들어 본 적이 있는 익숙한 소리. 미유는 두 손을 가슴에 모으고 귀를 기울였지만 더 이상 소리는 들려오지 않았다.

"설마 사람은 아니겠지."

혹시 노인이 홀로 사는 집이 있는 것은 아닌가 하는 생각이 들자 섬뜩해졌다. 쓰러져 그대로 죽었는데 아무도 모른 채 시간이 흐른다면 어떻게 될 것인가. 미유는 몸을 떨었다. 한 번 나가 볼까 하다가 그만뒀다. 누군가의 일에 간섭하지 않는 삶에 익숙해진 지 오래됐다. 미유에게는 남의 삶에 간섭할 여유도 이유도 없었다. 자신의 삶도 누군가에게 공개될까 봐 두려워하며 살아왔으니까. 그때 마룻바닥에 무언가를 끌고 가는 소리가 들렸다. 꽤 묵직한 물건을 끌고 가는지 힘에 부친 듯 쉬었다가 다시 가곤 했다. 어딘가에 부딪치는 소리가 나고 정적이 흐르기도 했다. 슬리퍼 소리가 잠깐 들리고 문 닫는 소리에 이어 또 물소리가 나기 시작했다.

"아."

미유는 침대 속으로 들어가 두 귀를 손바닥으로 막았다. 잠들고 싶었다. 이 집에 와서 며칠 내내 잠을 제대로 못 잤다. 가위에

눌렸다 일어날 때마다 미유는 주문을 외우듯 혼자 중얼거렸다.

"난 강해. 귀신이 있다고 해도 두렵지 않아. 정말 무서운 게 뭔지 알고 있으니까."

언제 잠이 들었는지 알 수 없었다. 미유는 고양이의 날카로운 비명에 놀라 눈을 떴다. 방 안이 깜깜했다.

"언제 불을 껐지?"

침대에서 이런저런 생각을 하다가 잠이 든 것까지는 생각났지만 일어나 불을 끈 기억은 나지 않았다. 아마 잠에 취해 불을 끈 모양이었다. 고양이 소리는 미유 방 창문 밖에서 났다. 미유는 창문을 봤다. 달빛 때문에 불을 켜지 않아도 밖이 훤히 보였다. 고양이가 창문을 통해 안을 들여다보고 있었다.

"헉."

고양이 왼쪽 눈 주변이 시커멨다. 다가가 보니 눈이 있던 부분으로 고양이 뒤편 어둠이 보였다. 커다란 구멍. 그곳에서 피가 흐르고 있었고 괴로운 듯 입을 벌리고 울부짖고 있었다. 누군가 고양이에게 일부러 그렇게 한 것 같았다. 고양이를 좋아하지 않지만 분노가 치밀었다. 치료를 해 줘야 될 것 같아 창 쪽으로 다가갔다. 그 순간 고양이가 사라졌다.

"어?"

미유는 창문으로 다가가 아래를 내려다봤다. 고양이는 흔적도 없었다.

118

"4층에서 갑자기 어디로 간 거지?"

아래를 내려다봐도 위를 올려다봐도 보이지 않았다. 창문에 고양이가 앉아 있었던 것 자체가 말이 안 되는 상황이었다. 창밖으로 베란다가 없기 때문에 고양이가 있을 공간이 없었다. 베란다가 있다고 하더라도 어떻게 4층까지 올라왔으며 또 어디로 사라진 것인가. 분명 꿈은 아니었다. 고양이가 네 발로 매끄러운 건물을 기어오르는 상상을 하다가 머리를 흔들었다. 말도 안 되는 일이다. 물을 마시려고 부엌으로 갔다. 차가운 물을 마시자 정신이 들었다.

식탁에서 일어나던 미유는 누군가 흐느끼는 소리에 그 자리에 멈춰 섰다. 아랫집인지 옆집인지 알 수 없었다. 윗집은 아이가 뛰어다니는 집이니 아닐 수도 있다. 그렇다면 옆집인가? 옆집 소리가 이렇게 크게 들리나? 방음이 전혀 안 되나? 미유는 아무 것도 없는 식탁을 바라보며 다시 앉았다. 여자는 새벽에 왜 우는 것일까? 다른 집 사람들도 들릴 만큼 크게 우는 이유는 무엇일까?

잠시 뒤 굵은 남자 목소리가 들렸다. 무슨 말인지 정확히 알아들을 수는 없지만 비난하는 소리 같았다. 여자의 우는 소리가 작아졌다. 잘못을 비는 듯한 웅얼거림도 들렸다. 미유는 일어나 식탁 주변을 왔다 갔다 했다. 남자인지 여자인지 알 수 없는 소리가 점점 커지더니 쾅 하는 소리가 들렸다. 며칠 전 들었던 그 소리였다. 기력 없는 노인이 주저앉아 넘어지는 소리가 아니라 누군가

타인을 폭행하는 소리. 미유의 온몸이 떨렸다. 무의식적으로 검지로 머리카락을 말아 잡아당겼다. 그러다 머리카락을 뽑기 시작했다. 한때 미유는 머리카락을 수없이 뽑아 원형 탈모 환자처럼 된 적이 있었다. 하지 말라고 야단치는 대신 할머니는 손가락에 분홍색 스티커를 붙여 주며 입김을 불어 주었다.

"우리 이쁜 미유. 이제 머리카락 그만 뽑아라."

할머니 목소리가 들리는 듯했다. 미유는 머리카락에서 손가락을 뺐다.

잠시 침묵이 흘렀다. 맞은 사람이 어떤 상태일지 생각하니 불안해 견딜 수 없었다. 식탁 의자에 올라 앉아 무릎을 감싸 안고 미유는 고개를 파묻었다. 한참이 지난 뒤 여자의 흐느끼는 소리는 멈췄다. 울음을 그친 것인지 울 수 없게 된 것인지 알 수 없었다.

얼마나 시간이 지났을까? 어느 집에선가 노인의 기침 소리가 들렸다. 그 소리를 듣자 미유는 할아버지가 생각났다. 발을 조금 끌며 걸어가는 할아버지 특유의 걸음걸이도 떠올랐다. 좀체 진정되지 않고 떨리던 할아버지의 마른 품.

기침 소리가 끝날 즈음 드릴 소리가 들렸다. 다행인지 불행인지 5분 정도 울리고 그쳤다. 한참을 미동도 하지 않고 앉아 있던 미유는 아침이 되어서야 의자에 앉은 채 잠이 들었다가 한낮이 되어서야 일어났다.

미유는 낮에 아파트를 둘러보기로 결심했다. 낮밤이 바뀌어 이 곳에 사는 사람들을 한 번도 본 적이 없기 때문이다. 오직 소리로만 사람들이 산다는 것을 알 수 있었다. 만약 다른 집 사람을 만난다면 소음에 대해 물어봐야겠다고 생각했다.

미유는 먼저 옆집으로 갔다. 귀를 기울여 봤지만 아무 소리도 들리지 않았다. 가끔 엘리베이터가 4층에 서 있는 것으로 보아 그곳에 누군가 사는 것은 확실하지만 만난 적은 없었다. 미유는 망설이다가 초인종을 눌렀다. 대답이 없었다. 안에서 벨 소리가 들리는지 아닌지 알 수 없었다. 다시 한 번 길게 눌러 봤다. 막상 안에서 사람이 나오면 뭐라고 할지 몰라 할 말을 생각해 뒀다.

"며칠 전에 이사 왔는데 동사무소가 어딘지 물어보려고요."

걱정과 달리 아무런 대꾸도 없었다. 다시 한 번 눌렀지만 한참이 지나도 사람 소리가 들리지 않아 미유는 돌아섰다. 자기 집으로 돌아오려다 미유는 머뭇거리며 한 층을 내려갔다. 이사 왔다고 인사를 하고 지낼 만큼 사교적이지 않은 미유로서는 대단한 용기가 필요했다. 3층 양쪽 집 모두 아무도 없다는 것을 확인하고는 자기 집으로 돌아왔다. 대낮에 집에 있는 사람이 생각보다 적은 모양이었다. 노인들은 복지관으로, 아이들은 유치원으로, 어른들은 직장으로 갔다가 저녁에야 돌아오는 것이 어쩌면 서민 동네의 당연한 일상인지도 모르겠다고 미유는 생각했다.

엄마의 입이 문제였다. 그림을 벌써 몇 번째 찢어 버렸는지 모른다. 다른 곳은 무난하게 넘어가는데 웃는 입이 그려지지 않았다. 다 그리고 나면 지나치게 냉혹해 보이거나 비웃는 모양이 됐다. 어린 미유의 손을 잡고 웃고 있는 엄마의 사진을 캔버스 옆에 놓아두고 그려도 마찬가지였다.

"아니야, 아니야. 이게 아냐."

도화지를 찢어 버리고 다시 그리기 시작했다. 얼굴을 그리고 눈과 코와 뺨을 그리는 데는 별로 시간이 걸리지 않았다. 입 대신 먼저 머리와 목을 그렸다. 이번에는 잘 될 수 있다는 생각이 들었다. 밤을 꼴딱 새우고 입을 완성했다. 몇 걸음 떨어져서 바라봤다.

"나쁘지 않아."

다시 가까이 다가와 바라봤다.

"좋아."

가족의 초상화를 그리기 시작한 뒤 처음으로 마음에 들었다. 원래 예민하고 까다롭기도 하지만 마음에 들지 않는 초상화에 만족할 수는 없었다. 흡족한 초상화를 그리지 못한다면 자신에게 큰일이 닥칠 것만 같은 불안한 마음이 가슴을 채웠다. 왜 그런 마음이 드는지, 초상화 따위가 무슨 의미가 있는 것인지 하루에도 몇 번씩 곱씹어 보곤 했다. 그럴 때마다 해답을 얻을 수 없었고 마음은 지쳐만 갔다. 결국 일단 그리자는 대답이 돌아왔다. 다시 찢어 버리는 한이 있더라도 초상화를 완성해야 한다고.

마음에 드는 초상화를 그리게 되자 긴장이 풀리면서 온몸이 늘어졌다. 작업실 간이침대에 눕자 잠이 왔다. 이 집에 온 뒤 처음으로 악몽을 꾸지 않았다. 폭신하고 따뜻한 눈 속으로 빠져 드는 것 같았다.

얼마나 시간이 지났는지 알 수 없었다. 작업실 한쪽에 있는 거울에 자기 모습이 보였다. 미유는 자기 얼굴이 낯설어 거울 앞으로 다가갔다. 그동안 살이 빠졌는지 얼굴은 해골 같았다. 손을 들어 얼굴을 만졌다. 그런데 거울 속 미유는 그대로 서 있었다. 깜짝 놀라 양손을 들고 흔드는데 뒤편으로 곰이 보였다. 어린 시절 내내 동생처럼 껴안고 다니던 곰 인형이었다.

"곰!"

미유는 놀라 뒤를 돌아봤다. 아무 것도 없었다. 다시 거울을 보면 곰이 보였다. 곰이 달려왔다. 그렇지만 아무리 달려와도 미유에게 닿지 않았다. 피로 온통 붉게 변했던 마지막 모습이 아니라 본래의 털 그대로 뽀얀 모습이었다.

"곰이야!"

미유는 울먹이며 잠에서 깼다. 점심이 지나고 저녁 먹을 시간이 지나도록 잠을 잤던 모양이다. 사물을 구별할 수 없을 정도로 방 안은 껌껌했다. 자기가 어디에 있나 어리둥절하던 미유는 창문으로 들어오는 빛에 반사되어 허옇게 보이는 캔버스를 바라봤다. 도화지 속에서 엄마가 웃고 있었다.

"어?"

그러나 아까 만족했던 미소가 아니었다. 늘 마음을 공포로 얼어붙게 만들던 광기 어린 괴물의 미소였다.

"아악."

아까 잘못 봤던 것일까? 처음으로 마음에 드는 미소를 그려서 흡족했는데. 그림이 언제 바뀐 것일까? 왜 바뀐 것일까?

미유는 간이침대에서 벌떡 일어났다. 불을 켜고 다시 캔버스를 봤다. 자세히 봤지만 역시 만족했던 그림이 아니었다. 아까는 왜 그런 착각을 했던 것일까? 엄마의 입은 지나치게 벌어져 있고 너무 붉었다. 이번에는 눈도 마음에 들지 않았다. 순식간에 돌변해 번들거리던 눈빛. 입은 웃고 있지만 눈은 전혀 그렇지 않았다. 사실대로 표현하는 것이라면 그 그림은 정말 잘 그린 그림이었다.

벽시계를 봤다. 8시 40분이었다. 물론 밤일 것이다. 캔버스에 그려진 그림이 미유를 바라봤다. 다음 날이면 기억도 못하는 폭력을 휘두르던 알콜 중독자. 엄마의 입이 마치 조커의 입처럼 찢어지기 시작했다. 미유의 목을 조르던 엄마의 번들거리던 얼굴. 미유는 다가가 그림을 찢어 버렸다. 최대한 작게 찢어서 쓰레기통에 던져 넣었다. 심장이 요동을 쳤다.

퍽퍽 쾅쾅

누군가를 때리는 소리가 들렸다. 위층인 것 같았다. 미유는 방 안을 왔다 갔다 했다. 손바닥으로 귀를 막아도 소리는 송곳처럼

124

귀를 파고 들었다.

'제발.'

소리가 들리지 않는 곳으로 사라지고 싶었다. 파카를 꺼내 입고 집을 나와 엘리베이터로 갔다. 가만히 앉아 있을 수는 없었다. 누군가는 지금 간절히 도움을 필요로 할지도 모른다.

퍽퍽 쾅쾅

소리가 더 크게 들렸다. 누군가 죽어가고 있는지도 모른다. 그 것이 바로 위층일 수도 있다는 생각에 미유는 버튼을 정신없이 누르며 엘리베이터 앞을 왔다 갔다 했다. 엘리베이터는 2층에 멈춰 서서 버티고 있었다.

'누구든 좀 도와주세요. 네? 제발.'

미유는 흐느꼈다.

'그만 두라고 제발 말해 주세요.'

그러나 자신이 위층으로 올라가지는 못했다. 엄두가 나지 않았다. 아파트 앞에 나가서 소리치고 경찰에 신고할 것이다. 누군가 뒷덜미를 챌 것 같아 집 안에서는 신고도 못할 것 같았다. 엘리베이터는 무슨 일인지 2층에서 여전히 올라오지 않았다. 누군가 장난으로 엘리베이터를 잡고 있든가 아니면 고장이 난 모양이었다. 할 수 없이 미유는 계단을 내려갔다. 점점 빨라져서 나중에는 두 세 계단을 뛰어 갔다. 3층에서는 청국장 냄새가 났다. 아마도 노인이 사는 집인 모양이다. 노인의 기침 소리와 신발 끄는 소리가 희미하게 들려왔다. 미유는 발을 멈췄다. 할머니의 목소리가 들려왔다.

"하느님, 제발 우리 미유 고등학교까지만……."

신이 있다면 그는 자비로운가 잔인한가. 할머니의 주문 같던 소원을 들어주었다. 눈물이 양 볼을 타고 주르륵 흘러내렸지만 미유를 잡고 있던 손을 끝까지 풀지 않던 할머니. 심장 박동을 표시해 주는 그래프가 드라마에서처럼 일직선을 그리는 것을 보면서도 실감이 나지 않아 멍하니 바라보고 있을 때였다.

"미유…… 내 새끼."

할머니는 마지막으로 그렇게 말했다. 미유는 우느라 할머니에게 마지막 인사도 제대로 하지 못했다. 죽은 뒤에도 귀는 열려 있다는 말을 미유는 나중에야 들었다.

소리가 들린 301호 가까이 다가가 현관문에 귀를 기울였다. 아무 소리도 들리지 않았다. 조금 더 기다려 보다 미유는 계단을 내려갔다. 2층에 가 보니 엘리베이터는 활짝 열려 있었다. 고장인 모양이었다. 2층에서는 중국 음식을 시켰는지 짜장면 냄새가 났다. 1층에 내려오자 싸우는 소리가 크게 들렸다. 부부가 싸우는 것이 아니라 여러 명이 한꺼번에 싸우는 것처럼 웅웅거렸다. 물건을 집어 던져 무언가에 부딪쳐 깨지는 소리가 연달아 들려왔다.

'그렇다면 1층 소리가 4층까지 들렸던 것일까? 아니면 5층은

부부 싸움이고 이곳은 다른 싸움인가?'

아파트 유리문을 열고 밖으로 나와 심호흡을 했다. 목소리가 크게 나올 수 있을지 걱정이었다. 가슴이 울렁거리고 머리가 띵해 왔다. 입이 말라 계속 입술을 혀로 핥았다. 피 냄새가 났다. 최대한 크게 소리 지르리라 결심하고 미유는 뒤를 돌아 아파트를 바라봤다.

"어!"

아파트 전체가 깜깜했다. 어느 곳도 불빛 하나 없었다.

"뭐야?"

지금은 저녁 아홉 시쯤 됐을 것이다. 어리둥절했다.

"사람들이 왜 불을 껐지?"

이해가 안 됐다. 숨바꼭질이라도 하듯 방금까지도 이런저런 소음을 내보내던 열 집 모두 컴컴했다. 이 시간까지 아무도 귀가하지 않았다는 것도 말이 안 됐다. 지금까지 들려온 소리들은 다 뭔가. 분명히 불을 켠 채 내려왔는데 자기 집도 불이 꺼져 있었다. 소리도 냄새도 아무 것도 없는 어둠 속에 잠긴 시커먼 건물뿐이었다. 오래 전부터 아무도 살지 않았던 건물에서 나는 폐허의 냄새가 콧속으로 끼쳐 왔다. 온몸에 소름이 끼쳤다. 아파트 뒤쪽에 붙어 있는 산도 깜깜했다.

"이게 어떻게 된 거야?"

부동산 남자 얼굴이 떠올랐다.

"아저씨를 만나야 해. 무슨 일인지 설명해 주겠지."

미유는 아파트 출입구를 향해 달리기 시작했다. 누군가 뒤에서 미유의 목덜미를 낚아챌 것만 같았다. 미유에게 아파트를 세준 파도 부동산을 향해 숨이 끊어질 듯 달려갔다. 언덕을 내려오니 비로소 집들이 나왔다. 차 소리가 들리고 여러 가게에서 나오는 음악 소리에 사람 소리까지 섞여 들려왔다.

사거리 초입에 있는 파도 부동산은 지하철에서 올라와 처음 있는 건물 1층에 있었다. 자동차들과 건물들의 불빛이 보이자 미유는 조금 진정이 됐다.

"휴."

크게 숨을 내뱉은 미유는 다시 한 번 언덕 위 동해 아파트를 바라봤다. 역시 깜깜했다. 사거리에 거의 다 와 가자 미유는 걷기 시작했다. 몹시 숨이 찼다. 아직도 온몸이 떨렸다. 그 집을 추천하던 부동산 남자 얼굴이 또렷이 생각났다. 그러고 보니 좀 음산한 느낌이 들었던 것도 같다. 아니다, 지금의 이상한 상황 때문에 그런 생각이 나는 것이다. 부동산 남자는 평범했다.

"여기가 학생한테는 딱 맞는 아파트야."

남자는 망설이는 미유에게 몇 번이나 이렇게 말했다. 곧 파도 부동산이 나온다고 생각하며 모퉁이를 돈 미유는 그 자리에 섰다. 등줄기로 식은땀이 흘렀다.

"……."

128

부동산이 없었다. 자신이 착각했을지도 모른다고 생각하며 사방을 둘러봤다. 없었다. 아무 곳에도 파도 부동산은 없었다. 부동산이 있어야 할 곳에는 대형 쇼핑몰이 있었고 요란한 캐럴이 흘러나오고 있었다.

"기쁘다 구주 오셨네. 만백성 맞으라."

미유는 그 자리에 주저앉았다. 그동안 자신이 머물던 아파트에서 들려왔던 소리의 의미를 그제야 알 수 있었다. 모두 자신이 겪은 소리였다는 것을. 뒤죽박죽 들려오긴 했지만 모두 자기 과거의 소리였음을. 자신이 다섯 살이었을 때 엄마 아빠와 함께 살았던 아파트가 동해 아파트였다. 아빠가 떠나고 난 뒤 휘두르던 엄마의 폭력, 광기, 알콜 중독. 무시무시한 집착과 애정.

"네가 좀 더 아빠를 잡았더라면. 너만 없었더라면."

"미유야, 넌 날 떠나지 않을 거지? 그렇지?"

자신을 둘러싼 세계가 산산이 조각나는 것을 바라보아야 했던 일곱 살 그날. 엄마의 손목에서 흘러나온 검붉은 피가 술병들이 널브러져 있는 거실로 번져 나가는 것을 차마 더 이상 바라보지 못하고 곰이를 안고 기절했던 그날. 깨어 보니 사방이 온통 흰색인 병원에서 할아버지와 할머니가 미유의 손을 하나씩 잡고 울고 있었다. 기억났다. 모두 잊어버렸다고 믿었던 그날의 상처가.

루이비똥

언니, 오늘도 엄마는 아침을 먹자마자 나갔어.

"루비, 엄마 갔다 올게. 울지 말고 있어."

엄마는 내 등을 몇 번 쓰다듬어 주고 뽀뽀를 했어. 나도 데려가라고 떼라도 써 볼까 싶어 현관까지 달려가 엄마 눈을 봤지. 엄마는 나를 돌아보지 않고 바삐 운동화를 신었어. 언니가 돌아오지 않게 된 뒤로 나는 엄마 눈치를 보게 돼. 아침이 되어도 못 일어나거나 혼자 밥을 앞에 놓고 통곡을 하는 엄마를 보면 어떻게 해야 할지 몰라 가슴이 철렁해. 그럴 때마다 나는 엄마 발밑을 서성이다가 슬그머니 방으로 들어와서 언니와 내가 함께 찍은 사진을 봐. 사진 속 언니는 언제나 웃고 있어. 보는 사람까지 따라 웃게 하던 환한 미소.

오늘도 엄마 얼굴을 보니 떼를 쓸 때가 아닌 것 같았어. 나는 고개를 숙이고 방으로 돌아왔지. 현관문이 닫히자 나는 쓸쓸해졌어. 그대로 앞발에 머리를 묻고 엎드렸어. 언니는 대체 어디로 간 거야? 왜 안 오는 거야? 꼭 다시 돌아올 거지?

어젯밤에 엄마랑 아빠가 다퉜어. 술을 먹고 온 아빠가 이제 그만하라고, 다 끝났다고 소리쳤거든.

"뭐가 될 것 같아? 사람들도 이제 다 잊었어. 제발 그만해."

"여보."

"보상금 받아 흥청망청 쓴다는 말까지 들으면서 대체 왜 계속하는 거야? 뭘 위해서? 우리가 대체 왜 그런 조롱을 받아야 돼!"

"바꿔야 돼. 지금 바꾸지 못하면 아이들이 또 그런 일을 당할 거야."

"우리한테 다른 자식이 있는 것도 아니고 보혜는 돌아오지도 못하는데, 그게 우리한테 무슨 의미가 있어?"

"……."

"이따위 나라 어떻게 되든 말든 이제 우리하고 무슨 상관이냐고! 제발 그만해."

"……."

"그만하고 우리 둘이라도 마음 편히 살자."

"……."

"우리 이민 갈까? 응? 여보, 가자. 떠나자고."

아빠 말에 엄마는 단호하게 말했어.

"아니, 안 가. 나는 이 나라에서 살면서 계속 싸울 거야. 바꿀 때까지. 아니면…… 내가 죽을 때까지. 우리 보혜한테 너무 미안해서 이대로는 안 돼."

134

"여보, 모르겠어? 다 끝났다고. 이번 선거에서 우리 동네조차 진실을 감추려는 사람이 된 거, 당신도 알지? 어떻게 우리 동네에서 그런 사람이 국회 의원이 될 수 있어? 사람들 모두 잊었고 오히려 불편해 한다는 증거야, 당신은 못 느껴?"

그 말을 하며 아빠는 거실 소파에 그대로 누워 버렸어. 엄마가 아무리 들어가 자라고 해도 들은 척도 하지 않았지. 할 수 없는지 엄마가 이불을 가져와 덮어 주고 거실 불을 껐어. 엄마는 옆에 한참 앉아 있다가 안방으로 들어갔어.

나는 잠이 오지 않았어. 언니 침대에 올라가 창밖을 봤어. 창백한 달이 방 안을 들여다보고 있었지. 왜 그런지 달은 언니를 알고 있을 것 같았어.

"달님. 우리 언니는 어디 있는 거예요, 네?"

간절히 물어봤어. 그러나 달은 들여다보고만 있을 뿐 굳게 입을 다물고 있었지. 나는 바닥으로 내려가 방 안을 어슬렁거렸어. 마음이 안 좋아서 잠이 올 것 같지 않았어. 한참을 그러고 있는데 조용히 문이 열렸어. 아빠가 우리 방으로 들어온 거야. 그때까지도 아빠한테서는 술 냄새가 났어. 언니는 아빠가 술 먹고 오면 코를 막고 도망 다녔지. 아빠는 기어코 언니를 잡아 술 냄새를 맡아 보라고 얼굴을 비벼 대고 언니는 싫다고 소리치고. 그때가 생각났어. 나는 어떻게 해야 할지 몰라 구석에 앉아 아빠를 바라보기만 했어. 조용히 들어온 아빠가 언니 침대에 걸터앉아 책상 위 사

진을 집어 들었지. 언니 얼굴을 만지듯 사진을 천천히 쓰다듬었
어.

"보혜야."

아빠 목소리는 갈라져서 잘 나오지 않았어.

"이놈의 자식아."

작세 속삭인 아빠는 오래오래 흐느꼈어. 사진 속 언니는 여전
히 웃고만 있었지. 언니가 돌아오지 않는 시간이 길어질수록 엄
마와 아빠는 따로따로 울어. 둘이 함께 있을 때는 울지 않아. 둘이
있으면 엄마는 말을 많이 하고 아빠는 점점 더 말이 없어져. 두
사람 모두 혼자 있을 때 많이 운다는 건 세상에서 나 밖에 몰라.

언니가 돌아오지 못한 처음에 아빠는 밤마다 베란다에서 목이
터져라 소리 질렀어.

"아아아악."

아파트가 울리도록 비명을 질러도 항의하러 오는 이는 없었어.
아빠가 왜 그렇게 소리를 지르는지 이 아파트 사람들은 모두 알
고 있었나 봐. 이제 아빠는 그렇게 소리 지르지 않아. 새벽같이 회
사에 갔다가 저녁 늦게 돌아와. 집에 와서도 아빠는 서재에서 늦
도록 일을 해. 말수가 줄었고 거의 웃지 않아. 눈이 퀭하니 들어갔
고 마주쳐도 어디를 보는지 알 수 없을 때가 많아. 친구도 만나지
않고 지난 추석에는 시골에도 가지 않았어.

언니, 오늘 엄마하고 병원에 갔어. 자꾸 털이 뭉텅뭉텅 빠져서.

"재요!"

동물 병원에서 언니가 대뜸 나를 손으로 가리켰을 때. 내가 얼마나 기뻤는지 언니는 모를 거야. 나를 처음 품에 안던 순간부터 언니와 나는 친자매처럼 되었는데.

"루비, 너를 처음 보는 순간 운명이라고 느꼈어. 너보다 예쁜 애도 있겠지만…… 너보다 더 내 마음을 끄는 애는 없을 거야."

언니는 늘 그렇게 말했지. 언니가 학교 가면 나는 언니가 돌아올 때까지 현관 앞을 떠나지 않았어. 엄마가 아무리 말해도 나는 현관 앞에서만 놀았어.

언니, 아빠는 처음에 나를 좋아하지 않았잖아. 지금이라도 동생 낳아 줄 거 아니면 강아지라도 키우게 해 달라고 언니가 조르고 졸라서 나를 입양하게 되었다고 했지? 겨우 허락했지만 아빠는 나를 어떻게 대해야 할지 몰라 당황스러운 것 같았어. 내가 신문지 위에 똥을 싸면 아빠는 안절부절 못하고 언니를 불러댔지.

"보혜야, 보혜야. 루비 똥 쌌다. 빨리 나와!"

언니는 아빠에게 곱게 눈을 흘기며 항의했어.

"아빠, 루비가 부끄러워하잖아. 똥 싸는 게 잘못도 아닌데."

언니 말에 힘을 얻은 내가 한 번 짖으면 아빠는 계면쩍게 웃으며 말했지.

"아휴, 아빤 싫어. 개도 싫고 똥도 싫고."

"아빠! 루비가 다 들어. 얘 앞에서 앞으로 그런 소리 하지 마."

내 똥을 치우며 언니는 연신 칭찬을 했지.

"아이구, 우리 루비. 똥도 예쁘네. 아이구, 잘했어요."

"그러다 아주 똥도 먹겠다. 그렇게 이쁘냐?"

"그럼, 아빠. 그걸 말이라고. 우리 루비는 똥도 명품이야. 루비 똥, 루이비똥."

"하하하. 루이비똥?"

언니가 이렇게 말하며 꺼안던 게 생각나 똥을 누려고 해도 나오지 않았어. 한 번만, 단 한 번만이라도 다시 한 번 언니 품에 안기고 싶었어. 그럴 때면 가슴이 막 아프고 눈가가 뜨거워지곤 해. 나오려던 똥도 쏙 들어가고. 변비가 심하니까 먹고 싶지도 않고 배는 딱딱해져서 아프고. 기운도 없고 털도 많이 빠져서 듬성듬성 빈 곳이 눈에 보일 정도야.

"루비, 어디 아프니? 오늘은 무슨 일이 있어도 병원 가자."

엄마는 나를 데리고 한마음 동물 병원에 갔어. 언니하고 엄마하고 같이 나를 처음 만났던 사거리 동물 병원 말이야. 언니도 당연히 기억하지?

"오랜만에 오셨네요?"

간호사 언니가 웃으며 말했어. 엄마는 그냥 고개만 끄덕였지. 의사 선생님이 내 몸을 진찰한 뒤 엄마를 혼냈어.

"왜 이제야 오셨어요?"

나는 선생님을 향해 말했어.

"나는 괜찮아요. 아무렇지 않아요. 그냥 언니 기다리느라 마음이 아픈 거예요. 정말 아무렇지도 않아요. 엄마 혼내지 마세요."

물론 선생님은 내 말을 알아듣지 못했지.

"어휴, 얘가 스트레스를 많이 받나 봐요. 짖는 것 좀 보세요. 변비가 심하고 피부도 아주 나빠졌네요. 털이 세상에나, 신경 좀 쓰세요. 말 못한다고 쯧쯧쯧."

엄마는 괜히 잘못이라도 한 것처럼 고개를 숙였어.

"치료도 중요하지만 운동을 꾸준히 해야 돼요. 애정으로 아이를 대해야 합니다. 방치하지 마시구요."

엄마는 또 고개만 끄덕였어.

"매일 매일 규칙적으로 산책을 하세요."

나올 때 간호사 언니도 그렇게 말했어. 밖으로 나온 엄마가 나한테 집에 바로 가지 말고 공원을 한 바퀴 돌고 가자고 했지.

"루비, 오늘부터 엄마랑 운동하자. 너도 나도 정신 차리자."

나는 엄마와 나란히 걸어갔어. 바람이 상쾌하고 부드러웠지. 공원 여기저기에 꽃들이 피어 있었어. 눈송이 같은 벚꽃 잎이 하얗게 흩날렸어. 새들은 또 왜 그렇게 재잘대는지. 아주 귀가 아플 지경이었어. 산책하는 사람도 많았어. 여기저기서 나를 보고 귀엽다고 칭찬하는 소리가 들려왔어. 나는 계속 언니 생각만 했어. 언니와 갔던 공원, 쇼핑몰, 호수, 뒷산 약수터. 언니 생각에 빠져 있는데 갑자기 저 멀리 언니가 보이지 뭐야.

"멍."

이게 꿈은 아니겠지?

"언니."

한 번만이라도 만날 수 있게 해달라고 간절히 빌었더니 드디어 소원이 이루어졌나 봐. 노래방에 가면 언제나 엄마가 부르던 노래. '그리워하면 언젠간 만나게 되는 어느 영화와 같은 일들이 이뤄져 가기를' 하는 노래처럼 말이야. 나는 언니를 향해 전속력으로 달려갔어.

"루비."

엄마가 뒤에서 소리치며 쫓아왔어. 그러나 나는 멈추지 않았지. 분명히 언니야. 짙은 색 치마에 회색 윗도리. 크림색 조끼. 언니는 친구들과 아이스크림을 먹으며 웃고 있었지.

"루비."

엄마가 달려오는 소리가 들렸어. 나는 바로 앞까지 가서야 멈춰 섰어. 심장이 터질 것 같았지. 그런데 아니야. 언니가 아니야. 옷은 똑같은데 다른 사람이었어.

"루비."

엄마가 헐떡거리며 달려오더니 내 목줄을 잡았어.

"루비. 이리 와."

나는 엄마 목소리를 듣고도 멍하니 서 있었어. 뭔가에 속은 것처럼 분했어.

"와, 강아지다."

언니와 똑같은 옷을 입은 여자아이들이 내 머리를 쓰다듬었지. 눈물을 꾹 참고 가만히 있었어.

"이름이 루비예요? 예쁘다."

"와, 귀엽다. 나도 키우고 싶다."

엄마는 잠시 그대로 기다려 주었어.

"너희들 몇 학년이니?"

엄마가 물어봤어.

"2학년이요."

여자아이들이 한꺼번에 대답을 하더니 뭐가 우스운지 깔깔 웃었어. 나는 엄마 얼굴을 돌아봤어. 똑같은 옷을 입었는데 왜 언니가 아니냐고. 왜 언니만 없는 거냐고. 왜 하필 우리에게 이런 일이 생긴 거냐고. 엄마는 희미하게 웃었어.

"루비, 가자."

엄마는 나를 안았어. 집에 돌아와서 엄마가 내 얼굴을 감싸고 눈을 들여다보며 말했지.

"루비, 이제 언니는…… 안 올 거야."

그렇게 말하고 엄마는 나를 꼬옥 안았어. 언니가 안 보인지 꽤 됐지만 엄마가 그렇게 말한 것은 처음이었어. 엄마의 심장 소리가 들렸어. 엄마도 내 심장 소리를 들었을 거야. 우린 그렇게 서로의 심장이 슬프게 뛰는 것을 가만히 느끼고 있었어. 그것 외에는 아무 것도 할 수 있는 일이 없으니까. 기가 막혀도 그냥 가만히 견뎌야 하니까.

엄마가 은행에 갔어. 나도 물론 따라갔지. 지난번에 병원에 다녀온 뒤로 나는 어디든 엄마를 따라다녀. 멀리 갈 때만 빼고.

은행 앞에서 엄마는 왜 그런지 바로 들어가지 않고 망설였어. 나는 왜 그러냐고 묻는 눈으로 엄마를 봤지. 한참을 머뭇거리던 엄마는 이윽고 결심을 했는지 문을 밀고 안으로 들어갔어.

"적금…… 만기 돼서…… 찾으러 왔어요."

엄마는 통장과 도장을 내밀었어. 창구에 있던 은행원 아줌마가 얼른 돈을 찾아 수표로 전해 줬어.

"왜 이제야 찾으러 오셨어요? 이천만 원 여기 있습니다."

수표가 든 봉투와 통장을 받는 엄마 손이 가늘게 떨렸어. 일어서던 엄마 얼굴이 창백해지더니 갑자기 다시 주저앉았어. 나도 당황하고 은행 안에 있던 직원들과 손님들도 놀라 엄마를 봤어.

"고객님. 무슨 일이세요?"

은행원 아줌마가 창구 밖으로 뛰어나와 엄마를 부축해 상담실로 들어갔어. 엄마 두 볼에 굵은 눈물이 흘러내리고 있었어. 엄마는 나를 꼬옥 안고 볼을 댔어.

"고객님."

은행원 아줌마는 물을 가져와 엄마한테 건넸어. 그리고 옆에서 어쩔 줄 모르고 서 있었어. 엄마는 한참 동안 진정을 못하고 울었지. 언니도 알지? 언니 대학 가면 등록금 한다고 엄마가 한 달에 몇십만 원씩 몇 년을 넣었던 학자금 적금. 은행 아줌마는 엄마가 왜 울었는지 모를 거야. 짐작이라도 했을까? 더 이상 꼬치꼬치 묻지 않는 게 고마울 뿐이었지. 한참 뒤 엄마가 울음을 그쳤어.

"미안해요, 미안해요."

엄마 말에 은행원 아줌마는 고개를 저었어.

"아닙니다, 고객님. 괜찮습니다."

나는 자꾸 엄마 얼굴을 보며 은행을 나왔어. 내가 말을 할 수 없다는 게 이렇게 안타까웠던 적은 지금까지 한 번도 없었어. 언니가 떠나기 전에는 말이 꼭 필요한지도 느끼지 못했거든. 그런데 요즘은 매일매일 느껴. 내가 엄마에게 단 한마디만 할 수 있다면. 그렇다면 나는 무슨 말을 할까?


언니, 엄마가 아파.

"책임자들은 감추려고만 하고 사람들은 상처 주는 말만 하고. 바뀌는 것은 없고. 몸도 마음도 힘들어."

이렇게 중얼거리는 소리를 들었어. 원래 엄마는 그렇게 씩씩한 사람이 아니었잖아. 몸도 약했고 목소리도 작고. 누구와 싸우거나 크게 울거나 남 흉을 보는 사람이 아니잖아. 그런 엄마가 그동안

어떻게 그렇게 주저앉지 않고 싸우는지 나도 의문이었어. 지하철
역으로, 광화문으로, 진도로, 팽목으로, 세종시로, 청운동으로. 사
할린 동포 할머니들 목욕 미용 봉사 다니고 작은 것에도 눈물 많
던 엄마가 파스를 붙이고 진통제를 먹으며 버티고 또 버텼어. 비
를 맞고 눈을 맞고 욕을 먹고 모욕을 당하면서도 엄마는 멈추지
않았어. 그런데 결국 엄마는 지쳤나 봐. 엄마는 일주일이 넘게 아
팠어. 병원에 가서 주사 맞고 약을 먹어도 낫지 않았지. 아빠가 병
원에 입원하라고 했지만 엄마는 가만히 머리를 저었어.

"왜?"

"……."

"광화문 때문에?"

"……."

아빠가 또 다 그만두라고 소리를 칠 것 같아 나는 아빠 얼굴만
봤어. 엄마에게 필요한 것은 그런 말이 아닌데 그것도 모르고 아
빠가 화를 낼까 봐 걱정이 됐거든. 나는 작게 말했어.

"아빠, 아빠, 엄마를 안아 줘."

내 말을 알아들었을까? 아빠는 엄마에게 다가가 이마를 짚어
봤어. 소리를 치는 대신 한숨을 쉬더니 집을 나갔다가 한참 뒤에
돌아왔어. 아빠는 다시 이마를 짚어 보더니 목 뒤로 손을 넣어 엄
마를 일으켰어.

"얼른 먹어. 한방 쌍화탕이랑 감기약이야. 보약도 한 제 지었

어. 내일 배달될 거야."

엄마는 일어나서 약을 먹으며 아빠를 보고 힘없이 웃었어.

"다들 힘든데 내가 주저앉으면 다른 엄마들이 힘 빠질 거야. 얼른 먹고 힘내야지."

"……."

엄마가 약을 먹으며 변명처럼 말했지만 아빠는 아무 말도 하지 않았어. 한참 뒤에야 겨우 더듬거리며 이렇게 말했지.

"딸도 없는데 당신까지 잘못되면…… 난 못 살아."

"……."

"…… 나 홀아비 만들지 말고 쉬엄쉬엄해. 나한테는 이제…… 이 세상에 당신…… 하나밖에 없어."

아빠는 휙 밖으로 나갔어.

"아이구, 걱정 마. 나, 백 살까지 살 거야. 우리 보혜 못 다 산 거까지 내가 다 살 거라고."

엄마가 씩씩하게 소리쳤어.

"그리고 당신이 왜 혼자야?"

그때쯤이었을 거야. 온통 TV에서 난리가 난 게. 아빠는 집에 들어오면 TV만 봤어. 내가 아빠 품에 안기면 아빠는 내 머리를 하염없이 쓰다듬었어. 그렇지만 아빠는 내가 옆에 있는지 없는지도 모르는 것 같았지. 내가 아빠 품에서 빠져 나와도 전혀 알아차리지 못했거든. 나도 아빠 옆에 앉아 TV를 봤어. 언니와 언니 친구들이 탄 배가 바닷속에 가라앉은 모습이 나오고 또 나왔어. 잘못한 사람들이 줄줄이 죄수복을 입고 들어가고 촛불을 든 사람들이 광장을 가득 메운 장면도 나왔어. 아빠는 밤이 늦도록 TV를 봤어. 어떤 날은 밤을 새우기도 했지. 불도 안 켠 깜깜한 거실에서 밤새 TV를 보며 아빠가 울고 또 울었다는 건 나밖에 몰라.

오늘도 엄마는 아침 일찍 다른 가족들과 광화문으로 간대.

"여보, 국 끓여 놨으니까 밥 먹어요. 나, 갔다 올게."

아빠는 뭐라고 할 듯 엄마를 바라봤지만 엄마는 미처 아빠 얼굴을 보지 못했어. 엄마는 늦었다며 허둥지둥 나갔거든.

"같이 가자고 말했으면 나도 따라갔을 텐데……."

그동안 엄마가 함께 가자고 수백 번도 더 말했지만 한 번도 안 갔던 아빠가 그렇게 중얼거렸지. 아빠는 거실 유리창으로 아래를 내려다봤어. 나도 따라가서 봤지. 아득한 아래 종종거리며 걸어가는 엄마가 보였어. 엄마가 아파트를 벗어나 태양 슈퍼로 돌아나가 안 보일 때까지 아빠는 유리창 앞에 서 있었어.

아빠는 다시 TV를 보러 소파로 돌아갔어. 잠시 뒤 아빠는 벌떡 일어나 거실을 서성거렸어. 다시 베란다로 나가 팔짱을 낀 채 밖을 한참 바라봤어. 날이 많이 추워졌나 봐. 사람들이 두꺼운 외투를 입고 있었어. 눈이 오려는지 구름도 잔뜩 끼어 있었지.

아빠는 TV를 끄고 일어나 안방으로 가더니 옷을 갈아입었어.

나는 혼자 남겨지는 게 싫어서 아빠를 졸졸 따라다녔지. 아빠가 신발을 신고 나가려다가 시무룩하게 서 있는 나를 돌아봤어.

"루이비똥, 같이 갈래?"

나는 고개라도 끄덕이고 싶었지. 좋아서 앞발을 든 뒤 멍멍 노래하며 뱅글뱅글 돌았어.

"그래. 같이 가자. 너랑 나랑."

아빠는 신발을 벗고 다시 들어와 내 옷을 조금 더 두꺼운 것으로 입히고 케이지를 들고 나와 함께 집을 나섰어. 날씨는 엄청 추웠어. 코가 얼 것 같았지. 지하철에 탈 때 나는 케이지 안에 들어갔어. 아빠와 단둘이 어딘가를 가는 것은 처음이었지. 언니나 엄마와 간 적은 많았지만 말이야.

한참 가다 어느 역에서 지하철을 갈아탔어. 지하철 안에는 사람이 무척 많았어. 나는 혹시라도 아빠가 나를 잃어버릴까 봐 정신이 없었어. 무척 추운 날씨인데도 더워서 땀이 날 지경이었지. 얼마나 갔을까? 지하철에서 방송이 나왔어.

"저는 이 열차를 운행하는 기관사 김연수입니다. 다음은 광화문, 광화문 역입니다. 시민 여러분 안녕히 다녀오십시오. 저도 함께 하고 싶지만 시민 여러분을 안전하게 모시는 것으로 동참하겠습니다. 모두들 몸조심하십시오."

"와아!"

그 순간 지하철 안에 있던 모든 사람이 환호성을 지르며 손뼉을 쳤어. 무슨 일이 벌어진 줄 알고 깜짝 놀라 아빠를 불렀지.

"멍."

아빠는 대답이 없었어. 케이지 사이로 아빠 얼굴을 올려다봤어. 아, 아빠 눈에서 눈물이 흘러내리고 있었어. 그때 지하철 문이 열리자 사람들이 내리기 시작했지. 사람들 가방마다 외투마다 노란 리본이 매달려 있는 것을 나는 그때야 알아봤어. 아빠도 작은 노란 리본을 봤나 봐. 갑자기 아빠는 내가 든 케이지를 가슴에 안고 지하철 역 의자에 주저앉아 울기 시작했어.

"멍!"

나는 당황해서 아빠를 크게 불렀어.

"아빠, 왜 그래?"

아빠는 나를 케이지에서 꺼내 꼬옥 안고 흐느꼈어. 내 등으로 뜨거운 눈물이 자꾸자꾸 떨어졌지. 지나가던 사람들 몇이 아빠와 내 앞으로 모여들었어.

"아저씨, 왜 그러세요?"

"어디 불편하세요?"

"119 불러 드릴까요?"

사람들이 다가와 아빠와 나를 둥글게 에워쌌어. 아빠는 어린아이처럼 눈물 콧물을 흘리며 울기만 했지. 누군가 손수건을 내밀자 아빠는 고맙다고 고개만 끄덕였어.

"무슨 일, 있으세요?"

사람들이 걱정했지만 아빠는 대답을 못하고 있었어. 그때 한 꼬마가 아빠에게 다가와 머뭇거렸어. 서너 살쯤 된 여자아이였지. 꼬마는 주머니에서 초콜릿을 꺼내더니 자기 엄마를 돌아봤어. 엄마가 고개를 끄덕이자 아이는 초콜릿을 아빠 앞으로 내밀었어.

"어."

아빠는 어린아이처럼 더 크게 울면서 아이의 손에서 초콜릿을 건네받았어. 그러자 아이는 앉아 있는 아빠의 머리를 쓰다듬었어. 이렇게, 이렇게 두 번.

"고맙다, 얘야. 고마워."

아빠가 아이한테 울면서 간신히 이렇게 말하니까 아이는 얼굴이 빨개져서 아니라고 고개를 저었어. 그러고는 자기 엄마 뒤에 숨어 고개만 빼꼼 내밀었지.

"고맙습니다. 저는…… 괜찮습니다. 고맙습니다, 여러분."

"힘내세요."

사람들이 하나둘 인사를 하고 떠났어. 아빠는 계속 지하철 의자에 앉아 울고 있었어. 손수건으로 눈물을 닦고 코도 풀었지.

"이 많은 사람이…… 다 어디 있다가 나왔을까?"

아빠는 자꾸자꾸 이 말만 중얼거렸어.

"루비, 우리도 가자!"

나와 아빠는 광장으로 나왔어. 수많은 노란 나비가 떼 지어 날아다니는 광장으로. 언니, 혹시 이곳에 있는 거야?

알바 천당

그럴 시간에 시험공부나 하라는 엄마의 악 쓰는 소리는 들은 척 만 척, 나는 방학 동안 편의점 알바를 시작했다.

"걱정 마. 틈틈이 공부도 열심히 할게."

내가 알바를 하는 이유는 딱 하나. 나와 교대하는 남자애 때문이다. 우선 얼굴이 비인간적일 정도로 잘생겼다, 기보다는 딱 내 스타일이다. 집안이 찢어지게 가난하다는 것이 치명적 약점이긴 하지만! 사고로 아빠를 잃고 엄마와 둘이 살고 있다는 그 애는 나랑 동갑인데도 어른스러웠다. 옆 반으로 전학 온 그 애 얼굴을 보는 순간 나는 말 그대로 뿅 갔다. 그 애의 하루 일과를 샅샅이 파헤쳐서 이곳에서 알바를 한다는 사실을 알아내는 데 걸린 시간은 세 시간. 알바비도 제날에 주는 법이 없는 사장 낯짝에 유니폼을 집어 던지고 싶은 적이 한두 번이 아니건만 돌부처처럼 참고 있는 것도 모두 걔 때문이다.

새벽 2시를 넘기자 손님이 급격히 끊어지더니 4시가 넘자 아예 한 사람도 없어 나는 핸드폰만 들여다보고 있었다. 그러다 그것도 심심해 기지개를 켠 뒤 계산대를 나와 대형 냉장고로 가서 음료수를 정리하던 참이었다. 갑자기 편의점 문이 벌컥 열렸고 나는 자동으로 문 쪽을 바라봤다. 그런데 이게 뭔 일. 거의 속옷 차림으로 얼굴이 하얗게 질린 여자가 피를 흘리며 편의점 안으로 뛰어 들어오는 것이 아닌가.

"사, 살려 주세요."

혹시 호러 화보 촬영인가 하는 생각도 잠시, 여자의 몸에 묻은 피를 보고 급히 얼굴을 봤다.

"아악."

나는 비명을 지르지 않을 수 없었다. 여자 얼굴이 장난 아니었다. 눈물 때문인지 화장이 얼룩덜룩했고 머리도 산발이었다. 이건 분장으로는 절대로 표현할 수 없는 리얼 그 자체였다. 공포에 질린 그 표정. 얼굴의 솜털이 모두 들고 일어나 반란을 일으키고 있었으며 땀구멍이란 땀구멍은 일제히 긴장하고 있는 듯한 극단적 상황!

바로 그때 칼을 든 남자가 편의점 문을 밀고 들어왔다. 남자는 삼선 슬리퍼에 삼각팬티만 입고 있었다. 아이고, 민망하여라. 나는 두 손으로 얼굴을 가리고 손가락 사이로 살짝 남자의 헐벗은 몸을 보고 있었지만 곧 이럴 상황이 아닌 것 같다는 자각이 됐다. 삼각팬티맨은 몸매 자랑을 하러 납신 것이 아니라 분명히 여자를 어떻게 하려고 따라온 것이 틀림없을 테니까. 칼에는 피가 묻어 있을 뿐만 아니라 심지어 뚝뚝 떨어지고 있었다.

"아아악."

나는 다시 한 번 아무짝에도 쓸모없는 비명을 내지르다 손으로 입을 틀어막았다. 여자는 편의점 뒤쪽으로 뒷걸음질을 쳤다. 두려움에 질린 창백한 얼굴이 금방이라도 울음을 터뜨릴 듯 일그러져 있었다.

"재, 재훈 씨."

남자는 칼을 들고 욕을 하며 여자에게 비틀비틀 다가갔다. 남자의 얼굴은 험상궂다기보다 해사했다. 훤칠한 키에 하얀 얼굴, 오똑한 코. 짙은 눈썹과 쌍꺼풀 진 눈. 몸매를 보니 오랜 시간 헬스장에서 단련한 듯 잔 근육까지 발달되어 있었다. 휴. 저 여자도 나처럼 인물만 보고 사랑에 빠졌군. 하지만 그래서? 인물만 보고 사랑에 빠졌다 한들 그것이 새벽에 편의점에서 칼 맞고 죽을 정도의 잘못은 아니잖아?

그나저나 이게 대체 무슨 황당한 일인지 모르겠다. 들어올 때부터 남자는 만취한 듯 비틀거렸다. 대체 술을 얼마나 마셨기에 저렇게 인사불성인지 알 수가 없었다. 여자가 있는 곳까지 가지도 못하고 판매대에 자꾸 어깨를 부딪쳤다. 그 바람에 이런저런 물건이 바닥으로 툭툭 떨어졌다. 이런 거지같은 자식. 다시 배열하려면 얼마나 허리 아픈데. 너, 나중에 몽땅 다시 진열해 놓지 않으면 못 갈 줄 알아라, 이런 항의는 물론 하지 않았다. 조마조마 남자만 바라보고 있을 뿐이었다. 그 와중에도 나의 시선은 한사코 삼각팬티의 중심점으로만 향한다는 것이 곤란한 점이었다. 결코 그곳을 보겠다고 의도하지 않았는데도 말이다. 얼굴을 똑바로 바라볼 수 없으니 시선이 자연스레 밑으로 향했다.

"이런 씨, 이게 뭐야?"

자기 갈 길을 방해하는 물건들을 팬티맨은 신경질적으로 발로 찼다. 헛발질을 계속할 정도로 초점이 안 맞고 있어 흡사 코미디를 보는 것처럼 웃겼다. 가서 뒤통수를 빡 치고 싶을 만큼 우스꽝스러운 모습이었지만 그의 손에는 칼이 있다. 그것도 피가 뚝뚝 떨어지는. 여자가 도망칠 곳은 뻔했다. 서서 라면을 먹는 미니 식탁 앞이다. 원래 미니 식탁에서 조금만 더 가면 밖으로 나가는 다른 문이 있다. 워낙 큰 편의점이라 입구가 두 개다. 그렇지만 밤에는 그쪽 문을 잠가 놓는다. 아, 그 문이 열려 있다면 여자한테 그곳으로 나가라고 사인을 보낼 텐데. 그러나 여자는 이제 지쳤는지 아니면 비록 도움은 안 돼 보이지만 제삼자인 내가 있으니 더 이상 힘겨운 도망질을 멈추고 싶은 것인지 문을 열어 보려는 시도조차 하지 않고 미니 식탁을 붙잡은 채 숨을 고르고 있었다. 때마침 냉장고에 음료수를 채워 넣으러 계산대에서 나와 옆으로 옮겨 가 있던 나와, 잠긴 문 바로 앞 미니 식탁에 있는 여자와, 출입문 쪽으로 들어와 한 꼭지점에 선 남자는 정삼각형을 이루고 서 있었다. 나는 움직이지 않고 있고 팬티맨은 비틀거리며 여자 쪽

156

으로 걸어가고 그에 따라 여자도 슬슬 움직이고 있어 점점 이등변 삼각형으로 변해 가고 있지만. 이대로라면 여자는 곧 잡히고 말 것이다. 더구나 여자의 몸에서는 어디서인지 알 수 없으나 계속 피가 나오고 있었다.

"이리 안 와? 이런 시XXX 개YYY."

팬티맨은 그 한마디를 하는데도 욕을 열 마디 이상 섞음으로써 자신의 인격이 개차반임을 스스로 증명하고 있었다. 비틀거리던 남자는 자신이 떨어뜨린 블랙 초콜릿 둥근 통을 밟고 미끄러져 그 자리에 풀썩 주저앉았다.

"야, 이 씨. 에이, 쌍."

술에 취해 잘 못 느껴서 그렇지 상당한 충격이 가해진 것이 틀림없는 묵직한 울림과 진동이 나에게까지 전해졌다.

"왜, 왜, 왜 이래. 재훈 씨. 왜 이래. 제발 이러지 마."

여자는 덜덜 떨리는 목소리로 그 말만 했다. 둘은 연인인 모양이었다. 이 시간에 저렇게 헐벗은 몸으로 뛰어나온 걸 보면 알조. 아니, 저런 폭력적인 남자하고 연인이라니. 지금 이 순간부터 끝장이 날 테니 연인이었나 보다, 는 과거 추측형이 맞을 것 같다. 저런 남자를 한때나마 사랑했던 여자가 한심하다는 생각을 하다가 나는 흠칫했다. 남자 때문에 이 새벽에 편의점 알바를 하고 있는 나도 하등 다를 바가 없다. 한숨이 절로 나왔다. 이 죽일 놈의 사랑. 나는 게다가 짝사랑이다. 그 애는 나한테 관심도 없다. 나

혼자 이러고 있다, 지금.

계산대 앞에 있었다면 경찰서와 연결된 버튼을 슬쩍 누르면 되겠지만 꼭 필요하지도 않은 일을 하느라 냉장고 앞으로 움직인 참이라 나는 꼼짝도 할 수 없었다. 신고를 하려면 판매대까지 가야 한다. 그렇지만 무서워서 눈동자도 움직일 수가 없다. 동태 눈알처럼 게게 풀린 팬티맨이지만 아마 내가 움직인다면 벌떡 일어나 칼을 들고 달려올 것이다. 꽤 큰 편의점이라 그나마 다닥다닥 붙어 있지는 않다는 것이 유일하게 다행인 점이었다.

"니가…… 감히 나한테, 딸꾹, 이럴 수가…… 있어? 가, 감히?"

나는 진짜 '감히 나한테'라는 말을 쓰는 인간이 제일 싫다. 누가 누구에게 감히 뭘 못할 일은 없다. 그런 말을 애인한테 하는 걸 보니 '감히' 말하겠는데 당신은 진짜 찌질한 쓰레기다. 삼각팬티가 또 여자한테 뭐라고 하며 욕을 했다. 이번에는 칼을 가슴 높이까지 든 뒤 흔들었다.

"아아악."

"으으윽."

여자와 나는 다시 한 번 비명을 질렀다. 팬티맨은 다행히 일어서지는 못했다.

"어떤…… 놈하고 있다 왔냐구!"

"재훈 씨. 회식이 있다고 미리 말했잖아. 모두 참석해야 되는 전체 회식이라 빠질 수 없었어."

158

"거짓말. 너 나 바보로…… 아냐? 나 누군지 몰라? 그깟 시험 몇 번 떨어졌다고 나 이, 이재훈. 죽지 않아."

"알아. 재훈 씨. 당연하지. 재훈 씨가 누군데. 알아."

"아는 게 그래? 엉? 니 주제에 나 무시하냐?"

으이구, 당신이 누군지 몰라도 등신이라는 것만은 똑똑히 알겠다. 덜 떨어진 놈 같으니라고. 나는 속으로 말하며 어떻게 해야 할지 머리를 굴렸다. 평상시에는 사각사각 잘만 굴러가던 머리가 이런 상황에서는 전혀 움직이지 않았다. 해결책은 조금도 생각나지 않았다. 남자가 여자에게 다가갈 때 도망칠까? 그러면 여자는 찔리고 말 것이다. 지금도 이미 어딘가 찔린 것 같은데. 아니야, 말리다 나까지 죽으면 어떡해. 목숨이 열댓 개 된다면 모르겠지만 달랑 하난데. 어떻게든 나 혼자만이라도 도망쳐야 한다. 누구나 그럴 것이다. 다행히 팬티맨은 여자를 노려보고 욕을 하느라 나한테 관심이 없었다. 그러나 섣불리 움직이다가는 삼각팬티를 자극하게 될 것이고 그러다 나 먼저 칼에 찔릴 수도 있다. 다행히 앞치마 속에는 핸드폰이 있었다. 나는 조심스럽게 앞치마 주머니에 손을 넣고 핸드폰을 잡은 뒤 어림짐작으로 버튼을 눌렀다.

"다 죽여 버릴 거야!"

나는 팬티맨의 갑작스러운 고함에 놀라 핸드폰을 떨어뜨리고 말았다.

투다닥!

소리도 요염, 아니 요란했다. 핸드폰은 바닥에 떨어지며 액정이 있는 앞부분, 뒤 껍질, 배터리 세 부분으로 나뉘어 단말마의 소리를 내며 각각 분리 독립을 선언했다. 분명 액정도 천 갈래 만 갈래 금이 갔을 것이다. 보조금도 다 못 냈는데, 젠장. 그러나 보조금이 문제가 아니었다. 팬티맨이 핸드폰 떨어지는 소리에 고개를 돌리더니 내 쪽으로 확실히 시선을 고정시킨 것이다.

"이, 이건 또 뭐야, 씨바?"

오 마이 갓! 남자는 이제야 나를 제대로 인식한 것 같았다. 단언컨대 그때까지 나의 존재도 알지 못했던 눈빛이었다. 어, 저건 또 뭐지, 여기 먹이감이 하나 더 있었네 하는 포식자의 소름끼치는 눈빛. 나는 최대한 침착한 척하며 가만히 있었다. 곰이나 멧돼지를 만났을 때 어떻게 한댔지? 등을 보이지 말고 소리 지르지 말고 눈을 응시하며 최대한 덩치를 크게 보여라. 은근슬쩍 조폭 아저씨들처럼 어깨를 부풀렸다. 멧돼지는 빨간색을 싫어하니 빨간 우산을 펼쳐라. 나는 슬그머니 빨간 물건이 있나 눈알을 두리번거렸지만 근처에는 빨간 우산은커녕 빨간 컵라면도 없었다. 할 수 없이 움직이지도 뛰지도 않고 핸드폰 따위 주울 생각도 하지 않고 시선을 최대한 부드럽게 한 뒤 어깨를 부풀리고 남자의 눈을 비굴하게 바라봤다. 하긴 팬티맨이 멧돼지는 아니지 않은가.

"너는……?"

팬티맨이 앉은 채 내 쪽으로 몸을 완전히 돌렸다. 정면으로 남자의 삼각팬티와 벗은 상체가 보였다. 오, 하느님, 부처님, 알라신이여. 도와주소서. 오늘 하필 사정이 생겨 밤 근무 대신 해달라고 한 그 남자애 얼굴이 떠올랐다. 내가 미친 거지. 남자한테 미쳐서 오늘 밤 이 편의점 구석에서 드디어 짧은 내 인생 하직하겠구나. 뽀뽀는커녕 손 한 번 못 잡아 보고 내가 너 대신 저승으로 간다. 솔직히 나 없이 행복하라는 말은 못 하겠다. 미친 여자처럼 입속으로 중얼거렸다. 내가 자기를 보려고 이 편의점 알바를 한다는 것은 꿈에도 모를 텐데. 사장의 기분 나쁜 희롱과 음담패설을 견디는 것은 오로지 그 애 때문인데. 이렇게 시간이 없을 줄 알았으면 되든 안 되든 고백해 볼 걸. 고백하고 죽은 귀신은 저승에서도 인기가 많다는데. 아휴, 앞으로도 기회가 많을 줄 알았지. 이렇게 죽을 수 있다는 생각 따위 한 번도 해 본 적이 없다구. 백세 시대라고 노인네들도 오래 살려고 악착같이 운동하는 세상에 왜 나는 고작 열일곱 살에 죽어야 하냐고?

팬티맨이 판매대를 짚고 중풍 든 노인처럼 흔들흔들 일어섰다. 여전히 나를 노려보면서. 이제 정말 죽는구나. 더구나 이렇게 웃기게 죽다니. 하긴 뭐. 언제나 죽을 때는 다들 우스꽝스럽게, 혹은 어이없게 죽더라. 드라마에서나 장렬하고 위엄 있게 죽지 다들 멋이라고는 눈곱만큼도 없이 모냥 빠지게 덜컥 죽는 것이다. 죽음이 뭐 그렇게 근사하게 찾아오지 않는다는 것을 이론적으로는 알고 있었지만 이렇게 도둑처럼 올 줄은 미처 몰랐다.

힐끔 보니 팬티맨은 여전히 나를 노려보며 한 발짝 움직였다. 옴마야. 오줌 싸겠네. 오지 마, 오지 말라니까. 나는 속으로 주문처럼 옹알거리며 온몸을 달달 떨었다. 아, 정말 미치겠네. 나도 어떤 식으로든 액션을 취해야 될 것 같았다.

그때였다. 컵라면 먹는 식탁 쪽에서 날아온 뭔가가 팬티맨 발밑에 툭 떨어졌다. 팬티맨이 휙 그쪽으로 얼굴을 돌렸다. 피를 흘리는 여자가 과자를 던진 것 같았다. 나와 마주친 여자의 눈을 보니 나를 구하려고 일부러 그런 것이 분명했다. 남자는 여자의 얼굴을 보더니 마침 자신의 목표가 무엇인지를 새삼 재인식하게 된 맹수처럼 건들거리며 그쪽으로 방향을 틀어 다가가기 시작했다. 물론 편의점에 들어온 뒤 일관되게 씨부리고 있는 온갖 욕설을 입에 장착하고서.

"재훈 씨, 이러지 마. 칼 내려 놔."

"나를 무시해? 니가, 감히? 우리 집이 어떤 집안인지 몰라?"

"나 재훈 씨 무시하지 않아. 정말이야."

"내가, 내가 어떤 사람인지 알지? A대 법대를 나온 사람이야."

"알아, 재훈 씨. 공무원 시험 때문에 스트레스 받는 거 알아. 너무 걱정하지 마. 다음 시험에는 붙을 거야. 난 재훈 씨 믿어."

"하, 니가 감히 나를 위로해? 비정규직 주제에? 니가 지금 그러니까, 하아, 나 먹여 살리고 있다 이거야?"

이런 찌질한 샹그릴라 같은 자식. 보나마나 뻔하다. 꼭 너 같은 놈들이 왜 무시하냐고 앙앙거린다. A대 법대가 아니라 하버드 법대를 다녔다한들 그게 뭐 대수냐? 인간이 덜 됐는데. 아오, 이럴 때 엄마 아빠가 있어야 되는데. 명문대 나온 인간도 얼마나 찌질할 수 있는지 두 눈으로 똑똑히 봐야 그놈의 명문대 타령 좀 덜하는 건데.

따르릉.

그때 편의점 전화기가 울렸다. 세 사람 모두 깜짝 놀라 전화기를 바라봤다. 편의점 사장일 수도 있다. 사장은 이곳 말고도 다섯 개의 편의점을 더 갖고 있다. 물론 자기는 일을 하지 않는다. 가끔 각 편의점에 전화해서 무슨 일이 없느냐만 점검한다. 여섯 개의 편의점 사장이면서 알바비는 제때 지급하는 적이 한 번도 없다. 두세 달 치를 깔아 놓는 것이 취미다. 거리 제한이 없어져서 이익이 거의 없다는 둥, 문만 열어 놨지 장사하면 할수록 손해 본다는 둥, 스트레스로 정신과 치료나 받아야겠다는 둥. 이쪽 편의점이 문제네, 저쪽 편의점이 사고네 하면서 몇 푼 안 되는 돈도 찔끔찔끔 나눠 주거나 달라고 조르다 지친 애들이 포기할 때까지 질질 끌기만 했다. 그런 마인드로 세상을 사니까 부자가 됐나 보다. 만날 죽는 소리와 징그러운 성적 농담을 지껄이는 사장이지만 혹시 전화를 안 받아 걱정되어 찾아올 수도 있다고 생각하니 반갑기 그지없었다. 찾아오지 않는다 해도 계속 전화를 걸 수도 있을 것이다.

따르릉.

전화기는 그치지 않고 계속 울렸다. 나는 전화기를 바라만 보고 감히 받을 엄두도 내지 못했다. 팬티맨이 전화를 받지 말라고 하지는 않았지만 괜히 자극할 필요는 없을 것 같았다. 나는 전화 따위 받지 않겠다는 몸짓을 해 팬티맨을 안심시키려 애썼다.

하지만 막상 몇 번이나 계속되던 전화가 더 이상 오지 않자 극도의 공포심이 밀려왔다. 어찌 됐든 전화를 받았어야 되지 않았을까? 마지막 기회가 아니었을까?

팬티맨은 등 뒤 자기 앞 냉장고 안에서 소주를 꺼내더니 뚜껑을 돌린 뒤 병나발을 불었다. 여기서 더 취하면 어떻게 될 것인가. 저런 놈은 당장 알콜 중독자 치료 센터에 처넣어야 되는데, 끙. 그렇게 깡소주를 반병 정도 먹는 둥 흘리는 둥 하더니 남자는 병을 든 채 스르르 주저앉아 졸기 시작했다. 냉장고에 기대서 두 번 고개를 끄덕이다가 번쩍 들고 다시 소주병을 들었다가 마시지는 못하고 다시 내려놓고 또 두 번 고개를 끄덕이며 졸기. 대략 이런 과정을 무한 반복했다. 아예 쓰러져 자면 좋은데 그러지는 않았고 오른쪽 손에 칼도 그대로 쥐고 있었다. 나는 여자에게 눈짓을 했다. 조금 더 깊이 잠들면 둘이 밖으로 뛰어나가자는 신호였다. 여자가 고개를 끄덕였다. 편의점 문에서 가장 가까운 곳에 우리의 팬티맨이 수문장처럼 버티고 있기 때문에 조심해야 했다. 우리가 나가는 기척을 눈치채고 일어나기라도 하면 문까지 가지도 못하고 칼에 찔릴 수 있다. 편의점을 끼고 돌아 조금만 가면 파출소가 있는데도 나와 여자는 두려움에 떨고 있었다.

팬티맨이 고개를 더 깊이 끄덕이며 졸았다. 한 번, 두 번, 세 번, 네 번. 나와 여자는 눈짓을 하고 막 움직이기 시작했다. 한 열 발자국 정도 움직였을까? 바로 그때.

애앵애앵애앵.

편의점 밖에서 경찰 사이렌 소리가 요란하게 울렸다. 그것과 동시에 팬티맨이 고개를 번쩍 들었다. 아이고, 예민하기도 하셔라. 두 주먹을 불끈 쥐고 막 두세 걸음 걷기 시작하던 우리를 보고 팬티맨이 무서운 속도로 몸을 꼿꼿이 세웠다. 언제 술이 취했나 할 정도로 말짱해 보였다.

"뛰어욧."

아무래도 마지막 기회라는 생각이 들었다. 나의 외침에 여자는 편의점 문을 향해 뛰기 시작했고 팬티맨은 언제 졸았냐는 듯 일어서서 비틀거리며 다가오기 시작했다. 곧 세 사람이 문 앞에서 부딪히게 생겼다. 밖에서는 경찰차가 멈춰 서고 경찰 아저씨 둘이 내리고 있는 장면이 슬로비디오 장면처럼 느리게 보였다. 경찰이 오면 뭐하나. 칼에 먼저 찔리게 생겼는데. 팬티맨을 멈추게 할 뭐라도 해야 되는데. 에라, 모르겠다.

"아저씨, 운동화 끈 풀렸어요."

순간 나는 소리를 치며 팬티맨의 발을 가리켰다. 슬리퍼를 신은 남자가 무의식적으로 끈을 묶으려는 듯 자세를 낮췄다. 나는 집히는 대로 편의점 물건을 팬티맨의 등을 향해 던졌다. 던지고 보니 하필 생리대였다.

"젠장."

팬티맨은 생리대를 밟고 기우뚱하더니 발로 툭 차고 다시 다가오기 시작했다. 뛰어야 하는데 발이 자석에라도 붙은 듯 바닥과 떨어지지가 않았다. 곧 팬티맨이 나의 머리채를 확 잡아챌 만큼 가까이 다가왔다. 아이고. 악몽을 꿀 때와 똑같았다. 아무리 피하려고 해도 피해지지가 않았다. 잡히는 것은 시간문제. 아아악, 엄마. 그동안 내가 미안했어.

텅.

그때 뭔가 바닥에 툭 떨어졌다. 도망치던 여자가 복숭아 통조림을 던졌는데 팬티맨에게 맞지 않고 바닥에 떨어진 것이다. 맞지는 않았지만 팬티맨은 잠시 주춤했다. 여자는 곧바로 참치 캔 세 개가 비닐로 묶여 있는 번들을 던졌고 참치 캔은 기대를 저버리지 않고 팬티맨의 등짝에 정통으로 맞고 요란한 소리를 내며 바닥에 떨어졌다.

"이런 씨바……."

분노에 찬 팬티맨은 욕설을 퍼부었지만 나와 여자는 적어도 3초 정도 시간을 벌 수 있었다. 우리 둘은 극적으로 문을 열고 동터 오는 편의점 밖으로 뛰어 나갔다. 우리가 나가는 것과 동시에 경찰 두 명이 편의점 안으로 뛰어들어 갔다.

"손 들어!"

경찰 아저씨가 소리쳤다. 경찰들과 곧 격투가 벌어질 것이라고 생각하니 소름이 끼쳤다. 그런데.

"잘못했어요."

울먹이는 소리에 편의점을 돌아보니 팬티맨이 순한 양처럼 칼을 버리고 무릎을 꿇고 있었다. 더 어이없는 것은 두 손을 가지런히 내밀어 수갑을 찼다는 것이다. 나는 편의점 안을 들여다보다가 혀를 찼다. 미친놈이 진짜 끝까지 꼴값을 떤다. 여자한테는 쌍욕을 해대며 칼을 휘두르더니. 근육 값도 못하는 상등신.

나와 여자는 땅바닥에 주저앉아 버렸다. 여자는 손으로 얼굴을 가리고 울음을 터뜨렸다.

"어, 엄마."

나는 여자에게 다가가 어깨를 감싸 안았다.

"언니. 칼에 찔린 데 괜찮아요?"

"살짝…… 응응. 많이 찔리지는…… 않았어요."

언니는 우느라 말도 제대로 못했다. 이렇게 예쁜 언니를 아이씨, 미친 개새끼 진짜.

"고마워요, 고마워."

여자는 나에게 자꾸만 고맙다고 했다. 여자는 온몸을 부들부들 떨고 있었다. 나는 그녀의 팔뚝 안쪽과 허벅지 곳곳이 퍼렇게 멍든 것을 보았다. 경찰 아저씨가 남자를 데리고 나오자 여자는 더욱 몸을 떨었다.

"미, 미안해, 수연아."

남자는 불쌍한 눈빛으로 수갑을 찬 두 손을 싹싹 빌었다. 그러나 여자는 부들부들 떨기만 했다. 경찰 아저씨가 언니 다친 곳을 살펴봤다.

"놀랐죠? 이제 괜찮아요. 많이 찔리지는 않았는데 그래도 병원에 먼저 갑시다. 가족한테 연락하세요."

경찰 아저씨가 빌려준 핸드폰으로 전화를 건 언니는 대성통곡했다. 그러는 동안 경찰 아저씨는 나한테도 괜찮은지 몇 번이나 물어봤다.

"엄마, 엄마……."

언니는 엄마만 부르며 말을 하지 못했다. 보다 못한 경찰 아저씨가 핸드폰을 뺏어들었다.

"아, 아닙니다. 괜찮습니다. 네. 네. 조금 다쳤는데 근처에 병원이 있으니까 저희가 데리고 가겠습니다. 네. 어디시죠? 아, 그럼 오시는데 서너 시간쯤 걸리겠네요? 그럼 XX 경찰서로 오시면 됩니다. 네네. 너무 걱정하지 마세요."

여자의 우는 모습을 보니 나도 모르게 눈물이 줄줄 나왔다. 여자는 몇 번이나 고맙다며 내 손을 꼬옥 잡았다 놓으며 경찰 한 명과 함께 차에 탔다.

그때 신호등을 건너 어떤 남자가 뛰어오는 것이 보였다.

"참, 이제 헛것이 다 보이네."

나는 혼자 중얼거렸다. 그런데 횡단보도를 달려 편의점으로 직행한 남자는 내가 짝사랑하는 그 애였다. 그는 달려와 그대로 내 코앞에 섰다. 심장이 우당탕 굴러 떨어지는 소리가 들렸다.

"괜찮아?"

"어? 응, 아무렇지도 않아."

이럴 때 충격 받아 쓰러지는 시늉을 해야 되는데 소라도 때려 잡을 듯 씩씩하게 대답할 건 또 뭔가. 괜찮다는 내 대답에도 그는 어쩔 줄 몰라 했다.

"정말 괜찮아, 만두?"

"어어. 그런데 만두라니? 나 말이야? 서얼마 먹는, 그 먹는 만두 말하는 거야?"

"아, 미안. 내가 혼자 만두라고 별명을 지었거든."

내가 좀 작고 똥똥하기는 하다. 그렇다고 만두라니. 김 팍 샌다. 역시 뭐 얘는 나한테 관심도 없었구만. 내가 왜 편의점에 들어와 이 난리굿을 치는지 알지도 못한다 이 말이지. 내가 시무룩하게 있자 그는 키를 낮춰 내 눈을 바라봤다.

"얼마나 걱정했는지 알아?"

잠깐이었지만, 그리고 다른 달콤한 말을 한 것은 아니지만 나를 바라보는 그 애의 눈은 분명, 진짜, 리얼리 반짝, 빛났다. 가만

있어 봐. 그런데 얘는 지금 이 시간에 왜 여기 온 거지?

"근데 편의점에 문제 생긴 줄 어떻게 알고 왔어?"

설마 텔레파시라도 통한 걸까? 그는 웃기만 했다. 경찰 한 사람이 안내견처럼 얌전해진 팬티맨을 차에 태우고 수갑 찬 손을 차문 위 손잡이에 묶은 뒤 우리에게 다가왔다.

"편의점 사장한테 전화했으니까 곧 올 거예요. 폭행범하고 피해자 신고 먼저 갈 테니까 사장 나오면 조금 있다 조기 보이죠? 조기 경찰서로 같이 좀 오세요. 참고인으로. 그리고 남학생."

우리 둘은 경찰관을 봤다.

"학생 이름이 은규진 맞지? 신고인?"

"네? 아, 네."

"서로 아는 사인가요?"

"네. 여기서 알바 교대하는 친구예요."

"이 학생이랑 같이 좀 와 줘요, 경찰서로. 조서 꾸미게."

나는 규진을 보고 어떻게 된 일이냐고 눈으로 물었다.

"아, 그게. 엄마 약 드시고 잠들었길래 나도 자려고 하는 중에."

"아, 참. 어머니는 좀 괜찮으셔?"

"더 안 좋으면 병원에 가야 하는데 다행히 가라앉았어. 심장이 안 좋으시거든."

"그렇구나. 하던 얘기 마저 해 봐."

"응. 그때 막 전화가 와서 받았더니 끊어지더라고."

아까 핸드폰이 바닥에 떨어질 때 아마 맨 마지막으로 통화했던 그 애의 전화번호로 발신이 된 모양이다.

"그렇지 않아도 속으로 걱정하고 있었거든. 어쩔 수 없어서 내가 하룻밤만 나 대신 밤 근무해 달라고 부탁은 했지만."

나는 규진이 사정을 봐 주느라 두 번 생각하지도 않고 밤 근무를 하겠다고 승낙했던 것이다.

"그래서?"

"그래서 바로 핸드폰으로 전화했지. 깜짝 놀라서. 그런데 전화기가 꺼져 있다고 하더라고. 방금 전에 나한테 전화했는데 꺼져 있는 게 말이 안 되잖아."

"그랬구나. 그래서 편의점으로 전화했던 거야?"

"응. 그랬더니 편의점 유선 전화도 안 받잖아. 안 받을 리가 없는데 이상하다고 생각했지. 느낌이 너무 안 좋아서 바로 112에 신고하고 나도 뛰어 오던 참이야. 바로 옆이 경찰서니까 안전할 거라고 생각했던 건데. 아, 참. 얼마나 걱정했는지……."

그는 말을 끝맺지 않고 자기 이마를 쓸어 넘겼다. 오뚝한 코가 정말 기가 막히게 아름다운 각을 이루고 있었다. 얘는 자기가 얼마나 매력적인지 알고 있을까?

순식간에 난리를 치던 모든 사람이 사라지고 규진과 나만 남았다. 그 사이 날이 밝아 오고 있었다. 도시에도 새가 이렇게 많은 줄, 그 소리가 이토록 경쾌한 줄, 나는 처음 알았다. 새벽길을 쓸며 지나가는 환경미화원. 바삐 걸어가는 사람들. 자동차 소리. 새벽 특유의 냄새가 맡아졌다. 새벽에도 쉬지 않고 이 세상은 돌아가고 있었구나. 규진이가 편의점으로 들어가 마실 것 두 개를 들고 나와 내게 마테차를 건넸다.

"이거만 먹지?"

다이어트에 좋다고 해서 먹었는데 인제 봤는지 모르겠다. 애가 아주 눈썰미가 뛰어나다.

"만약 다치거나…… 했으면 나……."

"?"

"…… 아니야, 아무 것도."

나는 왠지 가슴이 울렁거려 마테차만 벌컥벌컥 들이켰다.

"아무튼 고마워, 안 다쳐서, 만두."

규진이는 지금까지 본 것보다 백만 배 쯤 더 멋있게 활짝 웃었다. 웃는 모습이 꼭 원빈 같잖아? 아냐, 아냐. 원빈은 이미 아저씨잖아. 원빈보다 얘가 훨씬 멋있지. 야호. 쿵쿵 심장 뛰는 소리. 그나저나 인간의 심장이 하나밖에 없는 것 맞지? 아까 규진이 뛰어오는 것 봤을 때 아무래도 하나가 떨어진 것 같은데?


에필로그

다음 날 신문에 '아저씨, 신발 끈 풀렸어요'라는 제목으로 반쪽 넘게 편의점 사건이 실렸다. 살인 미수범과 맞닥뜨린 상황에서도 침착하고 용감하게 대처한 여학생이라는 설명과 함께 활짝 웃는 얼굴이 나왔다. 술이 깬 삼각팬티맨은 술에 취해 아무 것도 기억나지 않는다고 하더니 CCTV를 보고 난 뒤에는 선처를 바란다고 두 손을 파리처럼 빌었다고 한다. 그러나 변호사를 선임한 여자와 부모는 그동안 데이트 폭력에 시달려 온 모든 사실을 공개하고 사법 처리를 원했다.

편의점 사장은 다음 날 빳빳한 현금으로 나와 규진의 밀린 알바비를 계산한 것뿐만 아니라 금일봉을 십만 원씩 지급했다. 셋이 함께 사진을 찍어 SNS에도 올리고 자신이 보너스를 줬다는 사실도 널리 알려 주었으면 하고 은근히 옆구리를 찔렀지만 우리는 그 제안을 끝까지 모른 척했다. 편의점 본사에서도 아무짝에도 쓸모없는 상패를 주며 편의점이야말로 이 시대의 어둠에 맞서는 파수꾼이라나 등불이라나. 아무튼 그렇게 난리를 치는 와중에 우리 엄마는 전화통을 붙잡고 내가 원래 어려서부터 불의를 보면 못 참는 소녀 임꺽정이었다며 그 모든 것이 자신을 닮았기 때문이라고 침을 튀겼다. 내가 나온 신문을 오려 코팅을 하면서 혹시라도 입학 사정관 면접 시 도움이 될지도 모른다는 야무지면서도 낯 뜨거운 꿈을 꾸고 있다. 아, 참. 제일 중요한 것. 규진은 만두를 제일 좋아한단다. 돌아가신 아빠도 자기도 제일 좋아하는 음식이 엄마가 빚어 주던 만두라나. 🕊

코털

"여보세요? 거기 코털 쑥쑥 클럽이죠?"

"네, 그렇습니다. 무엇을 도와드릴까요?"

공중전화 수화기를 내려놓으며 우리 셋은 마주 보고 고개를 끄덕였다. 과감하게 모험을 하기로 한 것이다.

오늘도 코털 때문에 우리는 학교 끝나자마자 다현이네 집에 모여 잔뜩 걱정을 늘어놓고 있었다.

"우리, 무슨 일이 있어도 올해 2317년 안에 코털이 나야 돼."

"당근 당근. 겨울 방학 전에 나면 더 좋은데."

"그니까. 중 3이 돼서도 후배들 앞에 맨 콧구멍으로 돌아다닐 수는 없다 이거야. 애들이 얼마나 우습게 보겠난 말이다."

우리 반에서 나와 다현이, 연지만 아직 코털이 나지 않았다. 내가 좋아하는 진후도 6학년 2학기 때 코털이 나기 시작해서 지금은 멋진 코털을 휘날리며 다니고 있다. 진후도 나를 은근히 좋아했던 것 같은데 코털이 난 뒤로는 나를 동생 취급한다. 속상하고 자존심 상해 죽을 맛이다. 지지난달까지 우리와 같은 처지던 아린이는 코털이 나기 시작하자 아예 우리를 애기 취급했다.

"너네 아직 코털이 안 자란 애기들은 모르겠지만 쉭시브 미용실 원장님은 정말 손끝이 매워. 특히 처음 코털 미용을 할 때는 눈물이 쏙 나올 정도로 아파. 마구마구 잡아당기거든. 그래야 윤기 있는 코털로 자리 잡게 된대, 호호호. 뭐, 미용을 할수록 아픈건 점차 괜찮아진다니까 기다려 봐야지."

코털이 난 아이들은 우리같이 코털이 나지 않은 아이들을 '코딱지'라고 부른다. 분하지만 참는 수밖에. 우리 '코딱지'들은 빨리 코털이 자라는 방법을 연구하느라 늘 붙어 다니며 서로의 콧구멍을 하루에도 수백 번 들여다본다. 생각하면 기가 막힐 일이다. 중2가 아직도 코털이 안 나다니, 분통 터질 일이다.

"저, 어떻게 하면 코털이 쑥쑥 자랄 수 있니?"

코털 난 아이들한테 자존심 다 버리고 물어보기라도 할라치면 거들먹거리며 자랑하는 꼴이란 아니꼬워 눈뜨고 볼 수 없다.

"뭐, 별거 없어. 일찍 자고 엄마 말 잘 들으면 무럭무럭 자라게 되어 있어. 그게 코털의 속성이거든. 자연스러운 현상이지."

나 참 더러워서, 쳇. 아니, 그럼 우리는 잠도 안 자는 올빼미에다가 엄마 말 안 듣는 청개구리란 말인가? 엄마 말 무지하게 안 듣는 아린이도 코털만 잘 났는데 그건 어떻게 설명할 건데? '너 때문에 못 살아'를 외치던 아린이 엄마도 코털이 난 뒤부터는 '우리 아린이 다 컸네'를 연발하면서 살갑게 대해 주고 있다. 에구.

그걸 보면 나도 어서 코털이 나고 싶은 생각뿐이다. 이러다간 사촌 동생 예은이가 나보다 먼저 코털이 나는 대형 참사가 벌어질지도 모른다. 어느 날 코털이 났다고 자랑하는 예은이의 전화를 받는 상상을 하면……, 으으윽! 무슨 수를 써서라도 올해가 끝나기 전에 코털이 나야만 한다.

코털 클리닉도 널려 있지만 우리 엄마 아빠는 보내 주지 않는다. 느긋하게 기다리면 다 날 때가 있다나?

"늬 엄마 코털 좀 봐라. 좀 탐스럽나."

"아빠 코털, 정말 멋지잖니? 넌 아빠를 닮았을 거야. 걱정 마."

코털 클리닉이 워낙 비싸니까 그러는 게 아닌가 싶다. 보험도 안 되고.

"너 주영이 코털 봤니?"

옆 반 주영이는 우리 학교 패션 리더다. 코털 미용도 따라갈 애가 없다.

"아니. 오늘은 못 봤는데? 왜?"

"멋있어. 보라색과 흰색을 섞어 염색했는데 완전 멋져!"

다현이는 두 손을 모아 쥔 채 눈을 살짝 감고 고개를 살래살래 흔들었다.

"저번에 약간 끝에만 곱슬거리게 파마한 것도 진짜 예쁘던데."

"맞어 맞어. 나도 코털만 나면 파마도 하고 염색도 하고 브릿지도 할 거야."

"우리 엄마가 그러는데 그런 거 너무 많이 하면 콧속 모공이 약해져서 코피가 자주 날 수도 있대."

"그래도 좋아. 난 코털만 나면 원 없이 다아 해 볼 거야."

우리는 코털 있는 아이들한테 당한 수모를 이야기하며 한숨을 쉬다가 다현이네 집에서 엎어지면 코 닿을 데 있는 마을도서관에 몰려가 책을 찾아봤다. 책에는 코털에 대한 정보가 많았다. 코털 관리법, 멋진 코털 선발 대회 사진집, 코털과 관련된 로맨스 등…….

"이거 뭐야? 코털을 나게 해 줍니다. 코털 안 나 고민인 청소년들! 이제 걱정 끝 행복 시작입니다? 안 자랄 시 전액 환불?"

코털 사진집 사이에 전단지가 끼어 있었다.

"야, 진짜? 한번 전화해 봐."

그래서 우리는 도서관 앞에 있는 공중전화로 전화를 걸었고 모험을 하게 된 것이다.


드디어 코털 캠프 가는 날이다. 토요일이라 도서관에 간다고 하고 집에서 나왔다. 지하철을 타고 한 시간 쯤 간 뒤 코털 캠프 장소에 도착했다.

1층에서 3만 원씩 내고 확인증을 받고 우리는 강당에 모였다. 모두들 보송보송하니 코털이 나지 않은 우리 또래 애들이었다. 드문드문 고등학생으로 보이는 언니 오빠들도 있었다. 코털 없는 아이들이 이렇게 많이 모여 있는 걸 보니 위로가 되기도 하고 좀 민망하기도 했다.

"야, 같이 붙어 있자."

"그래."

낯선 곳에 오니 좀 두려웠다.

드디어 강사가 나와서 코털 빨리 자라는 콧구멍 운동을 몇 가지 보여 주었다. 대형 칠판에 강사의 얼굴, 그중에서 콧구멍만 대문짝만 하게 확대 시킨 사진이 걸렸다. 콧구멍을 좁힌 사진, 넓힌 사진, 다시 오므린 사진. 우리는 열심히 콧구멍을 넓혔다 좁혔다 막았다 뚫었다 강사를 따라했다. 마지막으로 나온 할아버지 강사는 염색도 하지 않은 흰 코털을 휘날리며 '코털 철학'을 열심히 강의했다. 역시 나이 많은 사람들은 그냥 하얀 코털이 더 멋있는 것 같다. 자연스럽고.

강의가 다 끝난 뒤 진행 요원들이 약병을 하나씩 나눠 주었다.

"이건 코털 연구에 30년을 바치신 김발육 교수님께서 발명하신 코털 특효약 '코털쑤욱'입니다. 세수하고 나서 콧속에 살짝 바르면 일주일 안에 틀림없이 효과를 볼 수 있습니다. 어쩐 일인지 코털 없는 청소년이 점점 늘고 있습니다. 여러분 모두 예쁜 코털을 자랑할 수 있는 그날까지, 안녕."

캠프가 예상보다 일찍 끝났다. 우리 넷은 시청 앞 코털 사진전에 가기로 했다. 전시회가 열린다는 걸 알고 안 갈 수는 없었다.

코털이 안 난 우리야말로 코털에 제일 관심이 많은 사람이니까.

예쁜 코털도 많았지만 요상한 코털도 많았다. 그중 가장 기억에 남는 코털은 회색 펑키 스타일이었는데 인상이 강한 흑인 모델과 묘하게 잘 어울렸다. 그렇지만 아무래도 우리들은 아기자기하고 색깔도 고운 코털 쪽에 관심이 갔다. 다행히 우리들은 부모님이나 선생님한테 코털 캠프에 간 걸 들키지 않았다.

저녁에 세수하고 문을 잠근 뒤 '코털쑤욱'을 콧속에 넉넉히 발랐다. 코털 캠프에 갔다 와 피곤해서 그런지 잠이 솔솔 왔다. 꿈속에서 나는 찰랑찰랑한 코털을 휘날리며 진후를 만났다. 진후가 수줍게 웃으며 코털 리본을 내밀었다. 지난번에 어린애 취급한 복수를 해 주리라 마음먹었는데, 어라? 복수는커녕 나는 진후가 내민 노란 리본을 냉큼 받으며 최대한 우아하게 웃었다. 사랑은 줄다리기라는 노래도 있던데 한 번쯤은 밀고 당기기를 해야지, 으이구.

한참 신나게 웃고 있는데 전화벨이 울리는 것 같았다. 못 들은 척하고 다시 잤다.

똑똑똑.

누군가 방문을 노크했다.

"인서야, 전화 받아."

비틀거리며 일어나 전화를 받으러 거실로 나갔다. 어째 콧속이 맹맹하고 좍좍 잡아당기는 것 같았다. 전화를 받으니 연지였다.

"큰일 났어. 으아악. 코가… 코가……."

정신이 번쩍 났다. 진후는 어디 갔지? 꿈이었나?

"왜 그래?"

내 코도 어째 이상했다. 몹시 따끔거렸다.

"인서야, 네 코는 안 이상해?"

"엉?"

나도 얼른 거실 거울을 봤다. 내 코가 딸기코가 되어 세 배는 커져 있었다.

"으엉. 내 코가 왜 이래? 괴물 같아."

"어떡해? 너도 그래?"

"응. 왜 이런 거야? 이제 우리는 어떡하냐?"

"코털 약이 가짜였나 봐."

"뭐라구? 아, 어떡해. 모공이 상하면 영원히 코털이 안 나는 경우도 있다는데 어떡하냐구?"

"그럼 평생 코털 없이 살아야 되겠지 뭐. 말도 안 돼. 으아악."

"헉. 어떡해."

우리는 퉁퉁 부은 코를 가리기 위해 거의 복면 수준의 입마개를 하고 엄마들 손에 이끌려 코털 클리닉에 갔다. 우리를 한 명한 명 살펴본 의사 선생님은 걱정스러운 낯빛으로 물었다

"모공이 많이 상했습니다. 도대체 콧속에 뭘 바른 거지요?"

우리는 펑펑 울기 시작했다.

"선생님, 치료하면 괜찮겠지요?"

엄마가 조심스럽게 묻자 의사 선생님은 입을 꾹 다문 채 아무 말도 안 했다. 그러더니 한참 뒤에야 겨우 이렇게 말했다.

"속단하기 어렵습니다. 일단 일주일간 병원에 입원하세요. 치료 경과를 보고 말씀드리겠습니다."

우리는 풀이 죽어 입원 절차를 밟는 엄마 뒤만 쫄쫄 따라다녔다. 점심도 먹고 싶지 않고 사람들이 볼까 봐 창피하기만 했다.

"우리 이럴 게 아니라 그 사기꾼들 잡으러 갑시다. 세상에 애들을 상대로 이런 사기를 치다니. 나쁜 놈들."

연지 엄마 말에 모두 고개를 끄떡였다. 연지 엄마는 울고 있는 연지 등짝을 철썩 때렸다.

"너 땜에 속상해 미치겠어. 코털이야 기다리면 어련히 날까."

"아야. 왜 때려?"

"뭘 잘했다고 소릴 질러?"

다행히 엄마는 나를 때리지는 않았다.

우리를 입원시켜 놓은 뒤 엄마들은 모두 어제의 빌딩으로 몰려 갔다. 그러나 몇 시간 뒤 엄마들은 풀 죽은 모습으로 돌아왔다. 사무실에 가 보니 아무것도 없고 텅 비어 있더란다. 경찰에 신고하러 갔더니 벌써 코털 캠프 관계자들을 고소한 사람들이 한둘이 아니더란다. 작정하고 사기를 친 모양이었다.

목이 말라 일어나 보니 내 방이 아니었다. 어리둥절하여 둘러보니 병원이었다.

'아, 참, 병원에 입원했지.'

"엄마 물 줘."

아무 소리도 들리지 않았다. 옆을 찾아봐도 물은 보이지 않고, 주스는 먹기 싫고. 컵을 들고 물을 받으러 나왔다. 병실 복도 코너를 도는데 엄마 아빠 말소리가 들렸다.

"아예 코털이 안 날 수도 있다고? 아니 왜?"

"모공이 많이 상했대. 어떡하면 좋아?"

"흠."

"… 그리고 우리 인서는… 유전적으로 코털이 안 날 확률이 아주 높대."

"아니, 뭐라구? 왜?"

아빠의 절망적인 비명에 엄마는 당황한 듯 말을 더듬었다.

"저… 여보. 미안해. 사실… 나 코털 이식 수술한 거…야."

"뭐라고?"

아니, 엄마의 그 탐스러운 코털이 가짜라고? 말도 안 돼.

"고등학교 때까지 코털이 안 나서 방학 때 수술하고 이사했어. 당신을 속인 거 정말 미안해."

아빠는 기가 막힌 듯 주저앉으며 물었다.

"그리고 일 년마다 다시 이식 수술하고?"

"이식 수술하는 거 어떻게 알아?"

"내가 당신 코털을 얼마나 부러워했는데……."

아빠 말에 엄마는 소리를 질렀다.

"뭐라구? 그게 무슨…… 설마, 당신도? 맙소사."

나는 컵을 떨어뜨리고 말았다. 요란한 소리를 내며 컵이 떨어지자 엄마 아빠가 놀라서 달려왔다.

"인서야."

나는 두 다리를 쭉 펴고 울었다.

"몰라, 몰라. 엄마 아빠 다 코털이 안 났으면 나는 안 날 확률 백 퍼센트잖아. 으아앙. 코털 없이 창피하게 평생을 어떻게 살아."

"인서야. 그건 걱정 마. 할머니 할아버지는 코털이 무성하셨는데도 나는 안 났거든."

"그러니까 더 걱정이지."

"아냐. 꼭 유전은 아닌 게 틀림없잖아. 엄마도 외할머니 할아버지 안 닮았잖아."

"으아앙."

아무 말도 위로가 되지 않았다. 우리나라에서 코털 없이 산다는 게 어떤 건지 어느 정도 짐작은 하고 있다. 내 짐작보다 훨씬 더 끔찍할 수도 있다. 엄마 아빠가 원망스러워 나는 통곡했다.

퇴원한 뒤 친구들과 여기저기 도서관을 뒤졌다. 뭔가 우리 코를 되돌릴 방법을 찾아야 한다. 아직도 우리 코는 부기가 가라앉지 않아 주먹코다. 빨리 제자리로 돌리고 코털이 나게 해야 한다.

며칠째 도서관에 있는 옛날 책을 샅샅이 뒤졌다. 그러다 이상한 걸 발견했다.

"얘들아, 이것 좀 봐."

"뭔데?"

"삼백 년 전, 그러니까 2017년에 쓴 책인데."

"그런데?"

"여기 사진이 끼어 있어. 누군가 책을 빌렸다가 이 사진을 끼워 둔 채 반납한 거지."

옛날 책은 지금은 거의 남아 있지 않았다. 이 책도 책과 책 사이에 깊숙이 끼어 있어서 간신히 남게 된 모양이었다.

"여럿이 찍은 사진인데……, 여기, 여기 좀 봐."

"……?"

"봐. 사람들이 코털이 없어."

"어른인데 진짜 코털이 없네?"

"하지만 코털 없는 사람끼리 찍었나 보지 뭐. 그 시절에도 돌연변이로 코털 없는 사람들이 있었겠지. 왕따를 당했을 가능성이 있으니까 아무래도 끼리끼리 친했겠지. 불쌍하다. 남 일이 아니야. 그런데 얼굴은 생각보다 밝네, 다행히."

"야야, 잘 봐. 나도 처음 봤을 때는 그런 사람끼리 찍었나 보다 생각했거든? 그런데 뒤에 이 사진도 좀 봐."

무슨 행사를 하는지 수백 명이 손을 흔들고 있는 사진이었다. 아무도 코털이 없는 맨송맨송한 얼굴이었다. 몇몇 사람이 코 밑에 까만 털이 나 있기는 했지만 지금처럼 콧구멍에서 코털이 나온 사람은 아무도 없었다.

"야, 너희 아빠 역사 선생님이라고 했지?"

"응."

"너희 아빠 도움을 좀 받아 보자."

아빠는 두말없이 우리를 도와주기로 했다.


아빠와 넷이 눈에 불을 켜고 두 달 동안 틈틈이 찾아 헤맨 끝에 우리는 국립중앙박물관에서 삼백 년 전 발생했던 그 사건에 대한 기록을 보게 되었다.

"그러니까 아빠, 삼백 년 전에 엄청 거대한 핵폭발이 일어났다는 거지? 핵시설에서?"

"그렇다는구나."

"엄청난 유독 가스와 악취가 났고요?"

다현이도 거들었다.

"그 뒤로 태어난 애들 콧구멍에서 털이 나기 시작했다는 거지. 유독 물질이 코를 통해 몸으로 들어가지 못하게 하려고 말이야."

아빠는 책 뒷부분을 보여 줬다.

"여기 봐라. 그래서 세계 사람들이 약속을 했어. 산업을 발전시키는 것은 지구를 멸망시키는 짓이라는 것을 깨닫고, 1900년대 말 모습으로 유지하기로 했다는구나, 흠."

"그 뒤로 코털이 나는 게 당연한 걸로 됐고."

"아빠. 몇백 년밖에 안 됐는데 사람들이 어떻게 그걸 진실이라고 믿을 수 있어? 코털이 나야 정상이라고 생각하게 됐냐고!"

"역사에 보면 그런 경우가 종종 있어. 불과 백 년도 안 되는 기간 동안 기억 자체를 그렇게 바꾸어 놓는 거지. 언론이나 교육 기관, 행정 기관이 깊이 관여했겠지."

"하, 참. 역사가 그렇게 쉽게 왜곡이 되는구나."

아빠와 우리 셋은 도서관 앞 분식집에 가서 찐빵과 만두를 먹었다. 혼란스러웠다. 코털이 나는 이유를 알았다고 해서 코털이 쑥쑥 나는 것은 아니니까. 그러다 문득 지난번 강당을 가득 채웠던 우리 또래 애들이 생각나면서 내 머리를 반짝 스치고 지나가는 것이 있었다.

"아! 아빠. 그런데요. 저번에 코털 캠프에 가 봤더니 코털이 안 나서 고민인 애들이 엄청 많더라구요."

"?"

아빠와 친구들이 모두 찐빵을 입에 물고 무슨 소리냐는 듯 나를 봤다.

"그러니까, 그러니까 말이죠. 음, 좋아진 게 아닐까요?"

"뭐가?"

"산업을 더 이상 발전시키지 않고 그렇게 음, 삼백 년이 지났다는 거잖아요. 그리고 우리 또래들 중에 점점 코털이 안 나는 애들이 늘고 있다는 건."

"아하, 더 이상 코털이 날 필요가 없다는 것?"

다현이가 눈을 반짝이며 대답했다.

"빙고."

"그러니까 코털이 안 나는 우리는 이상한 게 아니라……."

"이 세계가 정상으로 되돌아가고 있다는 증거네요. 정상의 아이콘!"

코털을 휘날리며 뽐내던 주영이와 진후와 잘난 척 대마왕들이 떠올랐다.

"그러니까 말이지 우리야말로!"

"인류 희망의 상징인 거지! 하하하."

아빠와 우리 셋은 먹고 있던 찐빵을 공중에서 맞대며 환호성을 질렀다.

"우리 조상님들 정말 칭찬해 주고 싶네. 삼백 년 전 그때, 산업 발전이 인류를 멸종시킬지도 모른다는 것에 동의하고 더 이상 개발하지 않고 산업 발전을 멈춘 용기."

"맞아. 그리고 삼백 년을 지켜온 인내. 쉽지 않았을 텐데. 그런 결정이 결국 우리 별과 인간을 살린 거네."

아빠도 고개를 끄덕였다. 나는 진심으로 조상들에게 감사했다.

그런 뒤 달콤한 찐빵을 와구와구 먹었다. 앞으로 우리는, 코털이 전부가 아닌 세상이 왔다는 걸 알리기 위해 할 일이 무진장 많은 사람이니까. 그리고 말도 안 되지만 세상은 그것을 쉽게 믿어 주지 않을 수도 있으니까, 지금까지처럼.

## 작가의 말

　그동안 쓴 청소년 단편 소설들 중에서 폭력과 연관된 이야기 8 편을 묶었습니다. 타인에 대한 폭력은 어떤 이유로도 정당화될 수 없음을 우리 모두 알고 있습니다. 그러나 안다고 해서 폭력이 사라지는 것은 아니지요. 오히려 대부분의 폭력은 더욱 악랄해지고 은밀해지고, 숨기고 숨기다 결국 세상에 드러났을 때 모두를 경악시킬 만큼 극단적인 경우가 많습니다. 친구, 이웃, 혈육, 국가. 가장 믿고 의지해야 할 대상으로부터의 폭력은 피해자의 모든 것을 파괴합니다. 그 상처에서 빠져나오는 과정이 힘들 수밖에 없지요.

　희망을 말하고 싶었습니다. 판도라의 상자에서 온갖 재앙과 악이 튀어나올 때 맨 밑바닥에 남아 있게 되었다는 희망. 거대한 국가 권력이 꽃처럼 아름다운 아이들을 차가운 물속에 수장시키는 것을 고스란히 지켜볼 수밖에 없었을 때 느꼈던 슬픔과 분노. 그러나 절망에 매몰되지 않고 자신의 몸에 불을 켜 어둠에 맞서는 반딧불이처럼 폭력에 맞섰던 수많은 분께 감사 드립니다.

192